Für Kosıy

Wende in Paris

Lucien Junker

© 2013 Lucien Junker
Titelfoto: Renée Schaad – Junker
Korrektorat: Anna-Elisabeth Högger
Gestaltung: Urs Bretscher
Herstellung und Verlag: BoD – Books on Demand, Norderstedt

ISBN: 978-3-7322-8702-4

Bibliografische Information der Deutschen Nationalbibliothek
Die Deutsche Nationalbibliothek verzeichnet diese Publikation in der Deutschen
Nationalbibliografie; detaillierte bibliografische Daten sind im Internet über
www.dnb.de abrufbar.

Inhalt

Vorwort

«Hans erzählt» heisst mein Blog im Internet. Ich füttere ihn mit Erinnerungen, mit aktuellen Erlebnissen und Empfindungen. Ich folge jeweils momentanen Eingebungen und gebe viel von mir preis. Anders geht's ja nicht. Neben der Freude am Schreiben mögen etwas geistiger Exhibitionismus und ein Schuss Narzissmus meine Triebfeder sein. Ich habe deswegen Hemmungen und verstecke mich hinter dem Pseudonym «Hans». Trotzdem haben mich Leserinnen und Leser meines Blogs erkannt. Mehr noch: manche haben mich sogar aufgefordert, meine Erinnerungen in Buchform zu publizieren. Diesen Gedanken habe ich erst weit von mir gewiesen. Dann hat mich ein Verlag kontaktiert und angeregt, meine Blogbeiträge als Monographie zu veröffentlichen. Urs, ein befreundeter Chefredaktor, hat mich ebenfalls zu diesem Schritt ermuntert: «Das tut deinem bald 80-jährigen Gehirn nur gut.» Nun habe ich meine Zurückhaltung beiseite geschoben, die meinem Blog zu Grunde liegenden Episoden überarbeitet und zeitlich geordnet. Die Namen einiger Personen habe ich geändert. Für Leute, die mit diesem Buch noch nicht genug haben: www.hanserzaehlt.blogspot.ch.

Lucien Junker

Bei der Realisierung der vorliegenden biographischen Episoden haben mich Anna-Elisabeth Högger und Urs Bretscher tatkräftig unterstützt. Anna-Elisabeth Högger danke ich für die kritische Durchsicht meiner Texte, Urs Bretscher für die professionelle Gestaltung des Buches.

Erste Turbulenzen

Mein Start ins Leben verlief ziemlich turbulent. Als ich 1934 in Mühlhausen im Elsass geboren wurde, führten mich Ordensschwestern der katholischen Taufe zu, kaum hatte ich den ersten Schrei getan. Dabei war Mutter strikt gegen diese Taufe gewesen. Gewisser Erfahrungen wegen hatte sie dem katholischen Glauben den Rücken gekehrt. Genaues gab Mutter nicht preis. Den Taufschein sah ich nie. Mutter hatte ihn verschwinden lassen. Erzogen wurden Renée, meine zwei Jahre ältere Schwester, und ich protestantisch. Dies war weiter nicht schwierig, zogen wir doch bereits acht Monate nach meiner Geburt in die Schweiz, nach Wabern, einem Vorort von Bern.

Es wäre übertrieben zu sagen, meinetwegen sei eine interkonfessionelle Unstimmigkeit entstanden. Hingegen kann ich nicht verschweigen, dass später zwei Nationen, um meine Zugehörigkeit streitend, diplomatische Noten austauschten! Jawohl! Doch davon später.

Meine Mutter war Elsässerin, aufgewachsen in Westhalten, einem Winzerdorf zwischen Mühlhausen und Colmar. Grossvater war ein kleiner Weinbauer. Während des ersten Weltkrieges starb Grossmutter an einem «geplatzten Blinddarm». Penicillin war damals noch nicht bekannt. Grossvater war im Krieg. Das älteste der vier Kinder, Cécile, 14jährig und bereits in einer Spinnerei tätig, musste für die Familie sorgen. Direkt nach der Schulzeit wurde meine Mutter auch Fabrikarbeiterin. Später arbeitete sie verschiedenen Orts als Dienstmädchen. Grossvater wurde als Alkoholiker und, wenn betrunken, gewalttätig geschildert. Kennen lernte ich ihn nie.

Mein Vater war Schweizer. Meine Erinnerungen an ihn lassen sich an einer Hand aufzählen. Erstaunlich, war ich bei seinem Tod im Jahr 1943 doch immerhin bereits neun Jahre alt. Laut Mutter war er nicht unbedingt ein Familienmensch gewesen. Seine Eltern waren auf einem Bauernhof in der

Region Thun, Berner Oberland, als Melker und Magd tätig. Einen Beruf konnte Vater nicht erlernen. Er zog bald einmal nach Frankreich, weil es dort mehr Arbeit gab. War aus heutiger Sicht also ein Wirtschaftsflüchtling. Verdingte sich unter anderem als Waldarbeiter. Im Elsass lernte er bei einem Freund, beim «Honauer Schaggi», Fuss- und Wandplatten legen. Meine Mutter trat gegen Ende der zwanziger Jahre in sein Leben. Vater liebte die Geselligkeit. Mit der Buchhaltung wenig am Hut, sei er von «Freunden» gelegentlich ausgenutzt worden. Hin und wieder habe sie ein Machtwort sprechen müssen.

Meine erste Erinnerung? Ich sehe mich in der Küche stehen. Neben dem Küchenbuffet, bestehend aus einem Korpus mit Deckplatte und einem Aufbau mit zwei verglasten Türen. Mein Scheitel reicht gerade zur Deckplatte, mit den Füssen stampfe ich auf den Boden. Nicht aus Zwängerei. Nein, weil ich sonst kein Wort hervorgebracht hätte. Ich stotterte während meiner Kindheit derart stark, dass ich erst mit acht Jahren eingeschult wurde und während der ganzen Schulzeit nur die unterste Schulstufe besuchen konnte. In der Schweiz damals die Primarschule.

Im Herbst 1943 zogen wir innerhalb von Wabern um – vom Gurtenbühl ins Eichholz. Am Tag nach dem Umzug wollte Vater im Estrich mittels einer Handlampe Licht installieren. Am Küchentisch bastelte er aus einzelnen Stücken (es herrschte Krieg) ein genügend langes Kabel. Mutter, Äpfel rüstend: «Hast du genügend gut isoliert?» Vater: «Natürlich! Warum fragst du?» Er zog die ausziehbare Holztreppe von der Küchendecke herunter und verschwand auf dem Estrich. Kurz darauf ein Schrei und Gepolter. Mutter fand ihn heftig zuckend in einer Kiste liegen, das Kabel in den Händen. Bevor Mutter etwas unternehmen konnte, hörten die Zuckungen auf, Vater war tot. Meine Schwester und ich spielten derweil auf der nahen Eichholzstrasse Völkerball.

Vater war selbständiger Plattenleger (Fliesenleger). Einmannbetrieb. Es bestand weder eine Unfall- noch eine Lebensversicherung. Die obligatorische Alters- und Hinterlassenen-Versicherung (AHV) gab es noch nicht. Kriegszeit. Das Einkommen war mehr schlecht als recht. In einer Schublade lagen, nach all den Auslagen für den Umzug, an Vermögen gerade mal 100 Franken. Konkurs. Hätte Mutter nicht beweisen können, die Möbel in die Ehe eingebracht zu haben, wären diese auch gepfändet worden. Vaters Tod ging mir nicht besonders nahe. Dass meine Schwester weinte, als der Sarg aus dem Haus getragen wurde, wunderte mich. Der Leichenzug, der Wagen von einem Pferd gezogen, führte, eine Wegstunde weit, zum Friedhof in Köniz. Wabern besass damals weder eine Kirche noch einen Friedhof. Ich hatte zwei Tage schulfrei und wurde von den Mitschülerinnen und Mitschülern bedauert, was mir nicht unangenehm war.

Mutter war sehr stolz darauf, von «der Gemeinde» nur einen Monatszins als Unterstützung beansprucht zu haben. Ohne Berufslehre, musste sie als Putzfrau, Wäscherin und Büglerin arbeiten. Ein Zimmer der Dreizimmer-Wohnung wurde vermietet. Ich schlief in der Mansarde, die Schwester bei der Mutter. Für gewöhnlich sah Mutters Alltag so aus: sechs bis acht Uhr Büroreinigung in der Landestopografie, heute Swisstopo. Tagsüber an verschiedenen Orten bei «reichen Leuten» tätig. Von 18 bis 20 Uhr erneut Büroreinigung in der Landestopografie. Kam sie nach 20 Uhr todmüde nach Hause, mussten wir, ob Sommer oder Winter, bereits ruhig im Bett liegen, was wir ihr nicht übel nahmen. Spielten wir auf der Strasse und tauchte sie oben an der Eichholzstrasse auf, rannten wir schnell nach Hause und ab ins Bett. Dank ihrer Tüchtigkeit hatten die Behörden mit uns nichts zu tun. Ein Pflegeplatz oder Heim für uns Kinder, damals oft und schnell verfügt, war deshalb nie ein Thema.

1945 wurde ein Herr Zbinden unser Zimmerherr. Berufssoldat (Gefreiter) bei der Festungswache. Bekam zunehmend Einfluss auf unsere Familie. Mein Leben änderte sich drastisch. So musste ich zum Beispiel bei den Pfadfindern austreten und stattdessen in der schulfreien Zeit immer im Garten oder auf einem der Pflanzplätze (Schrebergärten) arbeiten. Im Winter war holzen angesagt. Zu Hause sägen, spalten, auf den Estrich tragen und dort aufschichten gehörte dazu. Zbinden, so ist er in meinem Gehirn gespeichert, erlebte ich als bösartig. Ein Beispiel unter vielen: Gemeinsames Umstechen im Garten. Ich musste mit dem Handkarren Mist zuführen. Kam dabei mit einem Rad zu nahe an die Fuhre (Furche), das Rad rutschte, die Fuhre «beschädigend», ab. Dies war für Zbinden Anlass genug, mir am «Grännihaar» (Schläfenhaar) zu drehen und mich, mit einem Fusstritt hinterher, ohne Nachtessen ins Bett zu schicken. Mutter schaute bei solchen Vorkommnissen, hinter seinem Rücken und auch sonst, immer gut zu mir. Hungrig musste ich nie einschlafen.

1947 zogen wir, zum Glück ohne Zbinden, zurück ins Gurtenbühl. Zu früh gefreut, leider tauchte er bald wieder auf. 1948 Heirat. Zbinden wurde mein Stiefvater. Für mich ein Drama. Verlobung und Hochzeit, wie damals üblich, mit allem Drum und Dran. Verlobungsessen in Zimmerwald, Hochzeitsessen in Riggisberg. Fahrten jeweils mit einem kleinen Car. Vor jeder Kurve bat ich «den lieben Gott» inständig, der Chauffeur möge sie verpassen, der Car den Abhang hinunterstürzen! Daran, dass dabei nicht nur Zbinden schwer verletzt, ja, wie ich wohl insgeheim hoffte, getötet werden könnte, dachte ich nicht. Unglaublich, war ich doch bereits 14jährig. Mit der Zeit wurde ich Zbinden gegenüber völlig abgestumpft. Ich ertappte mich zum Beispiel dabei, ganztags keine Sekunde an ihn gedacht zu haben, als er sich einer schweren Operation unterziehen musste. Später war er für mich geistig krank, ich hatte sogar Bedauern mit ihm. Meine Schwester kam glimpflich davon. Mutter hingegen litt psychisch immer mehr. In seiner Gegenwart war sie, aus Angst, etwas falsch zu machen, gehemmt, verängstigt, eine andere Person.

Zbinden hatte keine Freunde. Schwierigkeiten auch am Arbeitsplatz. Wurde bereits mit 51 Jahren «infolge unverträglichen Charakters» mit voller Rente vorzeitig pensioniert. Man wollte ihn loshaben. Zog zu unserer Erleichterung ins Tessin. Verweigerte darauf zeitlebens jeden Kontakt.

Ich merke, meine Erinnerungen an Zbinden würden Bände füllen. Ich breche ab und bitte mein Gehirn, Zbinden wieder in die unterste Schublade zu versorgen, wo er seit Jahren ruht. Halt, selbst Zbinden hatte zumindest eine gute Seite! So überliess er Mutter immer den ganzen Lohn zur Verwaltung, schon vor der Heirat. Dies anerkannten wir voll. Selber brauchte er kaum Geld. Bei seinem Auszug überliess er Mutter praktisch das ganze Mobiliar. Zu unserer Erleichterung ordnete er zudem von sich aus an, dass die Hälfte der Rente Mutter direkt ausbezahlt wurde. Erst Jahre später wurde dies gesetzlich so geregelt.

Zucht und Ordnung

Wie bereits erwähnt habe ich nur sehr wenige Erinnerungen an meinen Vater. Ich beginne mit derjenigen, die mich während Jahrzehnten belastet hat und erst seit zwei Jahren in Ruhe lässt.

Während meiner ersten neun Lebensjahre im Gurtenbühl hing bei unserem Wohnungseingang in einem kleinen Vorraum eine Art Peitsche. Rund um den kurzen Stiel waren mehrere dünne Lederriemen befestigt. Später erfuhr ich, dass es sich dabei um einen Martinet handelte. War ich unfolgsam, brachte Vater den Martinet auf meinem nackten Hintern zum Einsatz, um seinen Erziehungsbemühungen Nachdruck zu verleihen. Dies konnte ich nicht begreifen, nicht einordnen.

Seit zwei Jahren weiss ich, Google und Wikipedia sei Dank, dass ich nicht abwegigen Regungen zum Opfer gefallen bin, sondern nur aus Frankreich mitgebrachten harten Erziehungsmassnahmen. Ein Auszug aus Wikipedia: «Der

Martinet ist eine mehrriemige, kleine Peitsche, die in Frankreich traditionell vor allem zur körperlichen Züchtigung von Kindern und Jugendlichen und zur Erziehung von Haustieren benutzt wird. In den französischen Familien gehörte der Martinet in der Vergangenheit zum festen Haushaltsinventar und war oft für alle sichtbar in der Küche an einem Haken in Sicht- und Greifweite aufgehängt. Eine andere Möglichkeit war, dass der Martinet im Eingangsbereich der Wohnung aufgehängt wurde, damit Besucher gleich erkennen konnten, dass in diesem Haushalt Zucht und Ordnung herrsche».

Diese Aussage erstaunt mich und zeigt, dass vorgefasste Meinungen nicht immer zutreffen müssen. Bisher nahm ich an, in der welschen Schweiz und in Frankreich werde die Erziehung leichter, legerer gehandhabt als bei uns.

Meine ersten «Skis» waren von Vater hergestellte Fassdauben. Fassdauben im wahrsten Sinn des Wortes: Zwei Bretter eines alten Fasses, vorne und hinten gebogen, was das Fahrverhalten suboptimal beeinflusste. Die «Bindung» bestand aus einer quer über die «Skis» montierten Lederschlaufe. Eine Strassenböschung war die Skipiste. Sturzquote 99,9%. Vater musste mir immer wieder auf die Beine helfen. Später fuhr ich mit vom Vater hergerichteten Kinderskis den kurzen Abhang in unserem Garten x-mal hinab und stieg ebenso oft wieder den Hang hinauf. Weil vor dem Zaun ein Anhalten nur mit einem «Schwung» nach links möglich war, wurde ich linkslastig.

Unterhalb unseres Hauses im Gurtenbühl führte die Eisenbahnlinie durch. Ich war noch ein kleiner Knirps und hatte von einem älteren Knaben leihweise eine Steinschleuder erhalten. Nicht eine selbstgebastelte, sondern eine richtige, gekaufte. Aus den Augen meiner Spielkameraden sprach zu meiner Genugtuung der blanke Neid. «Triffst du die Telefonstange? Und dort, das Plakat?». Die Schleuder war für meine Hände und Kraft viel zu gross, entsprechend klein war die Trefferquote. Trotzdem gab ich sie natürlich nicht aus der Hand. «Schau, da kommt ein Zug, schiess darüber hinweg»! Gehört und getan. Ein Aufschrei. «Du hast eine Scheibe getroffen, jetzt wirst du angezeigt». Ich hatte weder eine zerbrochene Scheibe gesehen, noch jemanden, der auf mich zeigte. Deshalb war ich überhaupt nicht beunruhigt und setzte die Zielübungen unbekümmert fort. Ein Lastwagen. «Schiess unten durch»! Diesmal hörte und sah ich die berstende Scheibe. Hinter dem Lastwagen erschien ein Polizist auf dem Fahrrad, alarmiert durch die Eisenbahn, und wurde Augenzeuge meiner neusten Missetat. Völlig ausser sich vor Wut schlug er mich zu Boden und drosch, rittlings über mir kniend, mit den Fäusten auf mich ein. Meine Kameraden hatten sich längst aus dem Staub gemacht. Endlich liess er von mir ab. Ich flüchtete mit Schmerzen am ganzen Körper und stark blutender Nase quer über die Strasse Richtung Gartentor. Dort empfing mich, durch den Lärm aufmerksam geworden, mein Vater, der mit einer kräftigen Ohrfeige noch einen draufsetzte. Heute weiss ich, warum er mich nicht liebkosend, tröstend in die Arme nahm. Während der Wirtschaftskrise, ohne regelmässiges Einkommen, standen die zu erwartenden Rechnungen sicher nicht auf seiner Wunschliste.

Vaters Reaktion bei der nächsten Geschichte verstand ich, schon etwas älter geworden, auf Anhieb. Als Kind stand ich im Ruf, jähzornig zu sein. Dieses Attribut reduzierte sich im Lauf der Jahre zu aufbrausend. Und heute bin ich ein friedfertiger Mensch. Dies stehe häufig in Zusammenhang mit der altersbedingten Reduktion des Testosteronspicgels, sagt die Medizin. Nun aber zur eigentlichen Geschichte.

Ein Kunde bezahlte Vater mangels Bargeld eine Rechnung in Naturalien. So unter anderem mit einer grossen, einen gewissen Wert aufweisenden Modelleisenbahn-Lokomotive. Vater wollte sie bei Gelegenheit zu Geld machen. Bis dahin durfte ich mit ihr in der Wohnstube sorgfältig spielen.

Aus mir heute unbekannten Gründen wütend geworden, warf ich die Lokomotive in eines der Plumpsklos im Treppenhaus unseres Hauses! Danach rührte Vater lange und verzweifelt, aber leider erfolglos, mit dem «Bschüttigohn» (Jauchekelle) in der Jauchegrube. Ich stand reumütig daneben und nahm zwischenzeitliche Ohrfeigen klaglos hin.

Im Winter. Erste Schulklasse. Zuhause meldete ich: «Heute Nachmittag haben wir ausnahmsweise frei. Darf ich auf die Kunsteisbahn, die Ka-We-De, Schlittschuhlaufen?» Ich durfte. Versuchte, auf den Beinen zu bleiben und zog meine Kurven. Da, plötzlich spürte ich sie, die Faust im Nacken, die meinen Kragen packte. Die Faust meines Vaters. Der Nachbarssohn und zugleich Schulkamerad hatte natürlich nichts über mein der Bildung abträgliches Unternehmen gewusst und wollte mich wie üblich zur Schule abholen. Wortlos nahm mich Vater vom Eisfeld, setzte mich auf sein Fahrrad und stellte mich während des laufenden Unterrichts vor die Klasse. Die Lust aufs Schule schwänzen war mir ein für alle Mal vergangen!

Ich sehe Vaters Fahrrad mit einem «Kindersitzli» vor mir. Auf zwei seitliche Stützen konnte ich meine kleinen Füsse stellen. An die Ausfahrten selber kann ich mich nicht erinnern.

Die Wohnstube im Dämmerlicht. Ich liege neben Vater auf dem Sofa. Am Radio die beleuchtete Senderskala, leise erklingt Musik.

Die letzten beiden Erinnerungen mögen banal erscheinen. Für mich jedoch waren sie von erheblicher Bedeutung. Ich klammerte mich an sie, hoffend, mein Vater sei normal gewesen. Seit ich weiss, welche Bewandtnis es mit dem Martinet auf sich hatte, bin ich beruhigt.

Jonas und der Walfisch

Eine meiner ältesten Erinnerungen handelt von Walfischen. Von Walfischen im Marzilibad, dem Flussbad an der Aare, direkt unterhalb des Bundeshauses. Ein kleiner Nebenarm des Flusses, der «Läufu», floss damals mitten durch die Liegewiesen. Das Frauen-, das Männer- und das Familienbad waren, dem Zeitgeist entsprechend, streng voneinander getrennt. Im Familienbad ein in den «Läufu» hinein gebautes Nichtschwimmerabteil mit einem Holzboden. Die Handläufe der Holztreppe und die Absperrungen bestanden aus Eisenrohren, diese waren im Wasserbereich rot angestrichen. Von der Mutter unbemerkt hatte ich mich in Richtung des Nichtschwimmerabteils entfernt. Prompt rutschte ich auf der Treppe aus und lag bäuchlings im Wasser. Unter mir der Übergang von der Holztreppe zum Holzboden, vor mir das rot gestrichene Rohr des Handlaufes. Angst vor dem Ertrinken, vor dem Tod? Keine Spur, dafür war ich noch zu klein. Hingegen empfand ich eine heillose Angst vor den Walfischen, die ich im Wasser glaubte! Offenbar hatte ich die Geschichte von Jonas gehört, der von einem Walfisch verschluckt worden sein soll. Ich war wie gelähmt. Das rote Rohr zu ergreifen, kam mir nicht in den Sinn. Mutter fand mich rechtzeitig. Der Faden, an dem mein Leben hing, war nicht gerissen.

Jahre später als Drittklässler. Wir wohnten mittlerweile im Eichholz, nahe der Aare. Im Bereich des aus Schotter bestehenden Ufers war mir Schwimmen erlaubt, aber unter keinen Umständen weiter hinunter, dem Marzili zu. Offenbar war, entgegen landläufiger Auffassung, die Jugend früher doch nicht besser als heute. Jedenfalls setzte ich mich über das Verbot hinweg, nahm allen Mut zusammen und schwamm Richtung Marzili. Der Mut reichte gerade bis zum «Chnächteler», einer wilden Stelle im Fluss mit aufschäumendem Wasser auf der Höhe des Tierparks. Dort soll, erzählt man sich, einmal ein Knecht ertrunken sein. Ich verschluckte mich, dachte an den ertrunkenen Knecht, geriet in Panik und fing an zu «zäpfeln». In kurzer Folge tauchte ich immer wieder unter. Als ich wieder einmal hoch kam, sah ich einen Mann, meinen Retter, Kopf voran in die Aare springen. Glück gehabt, der dünne Faden riss wieder nicht.

Ich kämpfe mit mir. Soll ich mich nun in Bescheidenheit üben und der Leserschaft eine weitere Erinnerung vorenthalten? Nein, hier ist sie.

Ein kleines Strandbad in der Umgebung von Klagenfurt am Wörthersee. Einer der in Österreich üblichen Holzstege. Etwas vom Ufer entfernt im See ein Floss. Sonnenbaden auf dem Steg. Plötzlich Hilfeschreie aus der Richtung des Flosses. Als schweizerischer Rettungsschwimmer erkannte ich den Ernst der Lage blitzartig, stürzte mich in die Fluten und brachte das wild um sich schlagende Mädchen mit einem der gelernten Rettungsgriffe sicher ans Ufer. Ich wurde als Held gefeiert und sehr bewundert. Es war mir direkt peinlich.

Zwei, drei Jahre später an der Sense, unter Kanuten als Wildwasserfluss bekannt. Unweit der Einmündung des Schwarzwassers. Mittlerer Wasserstand. Kaum weitere Badegäste. Plötzlich hörte ich flussaufwärts eine junge Frau um Hilfe rufen. Ihre Freundin trieb bewusstlos im Wasser, direkt auf mich zu. Die Bergung war nicht weiter schwierig. Die Wiederbelebung gelang, obwohl seinerzeit während der Ausbildung die Übungspartner allesamt männlich und die Dummy-Puppen geschlechtsneutral gewesen waren. Seither ist meine Rettungsbilanz ausgeglichen.

Skandal auf Gurtenkulm

Ein von den Eltern ausbezahltes Taschengeld, heute so etwas wie ein Kinderrecht, war früher nicht bekannt. Jedenfalls nicht in unseren Kreisen. Es musste erarbeitet werden. Die Mädchen, so auch meine Schwester, hatten es gut. Sie konnten einfach Kinder hüten. Von uns Knaben hingegen war Innovation gefordert.

Mein erstes Taschengeld verdiente ich mit dem Einsammeln von Rossmist, «Rossmistelen» genannt. In Bern war schon damals dienstags und samstags Markt auf dem Bundesplatz. Bauern aus der Region transportierten ihre Waren, grösstenteils Gemüse, mit Pferdefuhrwerken. Die Pferde pflegten sich in Form von Rossbollen gelegentlich zu erleichtern. Zu früher Stunde, möglichst vor der Konkurrenz, war ich mit dem Handkarren unterwegs, um eben diese Rossbollen einzusammeln.

Kurz nach Mittag war ich mit dem Karren bereits wieder unterwegs. Für Frau Bachmann vom Lädeli (Kolonialwarenladen) musste ich oben an der Hauptstrasse von Bauern bereitgestelltes Gemüse abholen.

In der nahen Gärtnerei durfte ich hin und wieder jäten. Der Gärtner war ein kleiner Mann mit einem sehr grossen Schnauz. Er sprach ein abgehacktes, eigenartiges Deutsch. Sein Fahrrad bestieg er von hinten! Mit dem linken Fuss stand er auf einen seitlich aus der Hinterradachse ragenden Dorn. Nach einigen Trottinettschritten mit dem rechten Bein schwang er sich von hinten auf den Sattel, was bei uns Kindern immer wieder Heiterkeit auslöste. Erst kürzlich habe ich erfahren, dass er seinerzeit ein in Fachkreisen viel beachtetes Herbarium führte.

Für einen Schuhmacher konnte ich ab und zu mit dem Fahrrad Schuhe ausliefern. Fiel das erhaltene Trinkgeld allzu dürftig aus, rundete es der Meister auf.

Das grosse Geld hätte ich wie einige meiner Kollegen leicht als Caddie (Golfgehilfe) auf dem Gurten-Golfplatz verdienen können. Meine Mutter erlaubte mir dies nicht: «Zu leicht verdientes Geld ist nicht gut». Recht hatte sie. Wenig später waren die Caddies Ursache eines handfesten Skandals. Heute würde man darüber wohl kaum ein Wort verlieren. Damals aber waren eine Höhle im Gurtenwald, eine Matratze und ein «leichtes Mädchen» der Presse mehr als eine Zeile wert. Es wurden Strafen und Massnahmen ausgesprochen, bis hin zur Erziehungsanstalt.

Auch der Tierpark war eine Geldquelle. Gegen eine Entschädigung konnten jeweils im Herbst Kastanien und Eicheln abgegeben werden. Gerüchteweise war auch die Rede von Fröschen, die besonders gut bezahlt würden. Mit dem mittlerweile bekannten Handkarren und einem rostigen Ölfass zogen meine Schwester und ich zu den Tümpeln entlang des damals noch wilden Aareufers. Dort fingen wir Frösche in rauhen Mengen. Die Aussicht auf das zu erwartende Vermögen verdrängte den beim Sammeln empfundenen Ekel einigermassen. Am späten Nachmittag kehrten wir zurück, das Fass zu einem guten Viertel mit Fröschen gefüllt. Das schwere Fass schleppten wir über die Aussentreppe zu unserer Wohnung hinauf und deponierten es zuhinterst auf dem Balkon. Mit Holzlatten deckten wir es zu. Anderntags wollten wir die Frösche im Tierpark abliefern. Denkste! Aufeinander steigend strebten die Frösche während der Nacht der Freiheit zu. Das Fass geriet aus dem Gleichgewicht und stürzte um. Die Gärten und Strassen waren mit Fröschen übersät! Das Eichholz war in hellem Aufruhr. Ein gescheiter Nachbar, ein Arzt, klärte uns schliesslich auf, dass es sich bei den entlaufenen Tieren um Kröten handelte.

Meine Schwester und ich wissen seither, dass ein grosser Bekanntheitsgrad nur angenehm ist, wenn er positiven Ursprungs ist. Zum Glück legte sich der Schleier des Vergessens bald auch über diese Geschichte.

Musik liegt in der Luft

Während der Schulzeit musste ich den Handharmonika-unterricht besuchen. Ich hatte überhaupt keine Freude daran. Doch Mutter war der Auffassung, es würde mich entspannen, mir wegen des Stotterns gut tun, und beharrte darauf. Nach Ende der Schulzeit spielte ich praktisch keinen Ton mehr, an Weihnachten vielleicht ein, zwei Lieder. Es gab ein Handharmonikaorchester und unter Leitung des Musiklehrers eine Kleinformation, das «Orchestra Sonorica». Ein richtiges Orchester mit Schlagzeug, Trompete, Saxophon, Klarinette, Gitarre, Mandoline, Violine und zwei Handharmonikas. Offenbar spielte ich besser als ich dachte, jedenfalls wurde ich in der achten Klasse «in den Klangkörper dieses Orchesters berufen». (Eine gute Formulierung, nicht? Ich habe sie aus dem Kulturteil meiner Zeitung abgeschrieben). Das Repertoire bestand vorwiegend aus Schlagern, wie La Paloma, Caprifischer und so weiter, sowie Operettenmelodien und Wienerliedern.

Gelegentlich gab es Wochenendkonzerte im Restaurant des Hotels Volkshaus, dem heutigen Hotel Bern. Spätestens ab 22 Uhr kämpfte ich gegen den Schlaf. Besonders, wenn ein langsames, langweiliges Wienerlied gespielt werden musste. Ich sehe das Zifferblatt der grossen runden Uhr, das häufigste Ziel meiner Augen, noch gut vor mir. Ob wir eine Gage erhalten haben, weiss ich nicht. Jedenfalls sah ich nie etwas davon. Mutter auch nicht. Eigentlich war dies nach heutiger Definition unbezahlte Kinderarbeit. Immerhin wurde ein jährlicher Ausflug geboten. So auch nach Les Gets in Hochsavoyen, wo ich erstmals Poulet ass, ein damals für viele unerschwinglicher Luxus.

Der Höhepunkt meiner musikalischen Karriere war ein Auftritt im Saal des Hotels «National» in Bern, als Hintergrundmusiker, heute Backgroundmusiker genannt. Vorne im Scheinwerferlicht aus der damaligen Crème de la Crème der schweizerischen Unterhaltungsszene Emil Hegetschweiler sowie das Kabarett-Duo Voli Geiler und Walter Morath. Damit unsere Einsätze ja nicht daneben gingen, fand vorgängig unter der Leitung von Emil Hegetschweiler eine Besprechung mit nachfolgender Probe statt. Mein Stolz war grenzenlos: Ich am gleichen Tisch mit all den Stars!

Die Darbietungen habe ich vergessen. Einzig Voli Geiler sehe ich heute noch vorne auf der Bühne stehen, mit einem grossen Hut und überaus schnellem Geschwätz.

Vive de Gaulle

Endlich, sechs Wochen Sommerferien! Für gewöhnlich verbrachten wir drei Wochen im Ferienlager der Schule und drei Wochen im Elsass. Meine Schwester durfte zu Tante Cécile und Onkel Joseph nach Guebwiller. Deren einziges Kind, ein Sohn, war kurz vor Kriegsende an der Ostfront gefallen. Ich musste zu Onkel Lucien und Tante Mathilde nach Soultzmatt. Ihr Sohn Roger ist drei Jahre jünger als ich. Ich beneidete meine Schwester, weil in Guebwiller, einer kleinen Stadt am Fusse der Vogesen, immerhin so etwas wie Leben herrschte. Im nahe gelegenen Soultzmatt, einem kleinen Winzerdorf, ereignete sich nie etwas, rein gar nichts. Sporttreiben war unbekannt. Der Onkel betrieb ein Fliesengeschäft, ohne Arbeiter. Den Beruf hatte er von meinem Vater erlernt. Der jährliche Ferienhöhepunkt war ein Tagesausflug mit einem Reisebus. So lernte ich das Elsass, die Vogesen, etwas kennen. Einmal hatte ich am Vortag des Ausfluges hohes Fieber, Schüttelfrost. Das darf nicht sein! Ich will unbedingt teilnehmen, war meine Reaktion. Gesagt, getan. Ich erwachte fieberfrei! Während Tagen war danach mein Mund rundum mit Fieberbläschen übersät. Ein grauenhafter Anblick.

Einzelne Tage durfte auch ich in Guebwiller verbringen. So als General Charles de Gaulle, aus Sicht der Franzosen der

Befreier Frankreichs, dem Städtchen seine Aufwartung machte. In einem Cabriolet stehend winkte er in seiner mit Orden übersäten Uniform huldvoll der «Vive de Gaulle» schreienden Menge zu. Dank der an der Hauptstrasse liegenden Wohnung hatten wir einen Fensterplatz.

In den Sommerferien des letzten Schuljahrs fuhr ich mit meinem Fahrrad, die Kleider in Saccochen verpackt, ins Elsass. Mit gespartem Taschengeld hatte ich das gut erhaltene Rad günstig kaufen können. Den Jura überquerte ich auf der einfachsten Route. Eine Dreigang-Schaltung nahm den Steigungen etwas den Schrecken. Ausfahrten in den Vogesen förderten meine Fitness derart, dass ich für die Heimfahrt einen Umweg wählte. Im Morgengrauen aufgebrochen, erreichte ich über Belfort den französischen Jura und die Schweizergrenze, fuhr an Neuenburg vorbei und kam gegen Abend nach 230 km zu Hause an. Mein Zustand war, na ja, suboptimal. Ein Grund war meine Naivität in Verbindung mit einer Bierreklame. Weil ich sehr durstig geworden war, kehrte ich eine gute Stunde vor Bern in einem Restaurant ein. Eingedenk des Slogans «Bier, Weltmeister im Durstlöschen» genehmigte ich mir ein solches. Was keine gute Idee war, wie ich bald feststellen musste. Dass ich benebelt war, ging ja noch. Mehr zu schaffen machten mir die weichen Knie. Der «Gümmenen-Stutz», unter Radfahrern ohnehin alles andere als beliebt, wurde zum unvergesslichen Erlebnis.

Ab der siebten Klasse verbrachte ich die Herbstferien bei einer Bauernfamilie am nahe gelegenen Längenberg. Der Hof befand sich zum grössten Teil in steiler Hanglage. Das Bauernpaar und Köbi (Jakob) der Knecht behandelten mich anständig und korrekt. Schlafen musste ich bei Köbi im Gaden unter dem Dach. Maschinen oder gar ein Traktor waren so kurz nach dem Krieg nicht vorhanden. Im Stall standen vier Kühe und zwei Rinder. Dazu kamen ein Pferd und zwei Schweine. Mit der Gürbetalbahn fuhr ich jeweils bis Kaufdorf. Danach ging es zu Fuss steil hinauf. Den schweren

Koffer aus Strohgeflecht musste ich immer wieder abstellen. Der Henkel schnitt mir schmerzhaft in die Hände. Ich half bei den Feldarbeiten und hütete die Kühe und Rinder.

Abends musste ich mit der mit Milch gefüllten «Milchbrännte» (Milchtanse) am Rücken hinunter ins Tal in die Käserei. Auf dem Rückweg war die Tanse gefüllt mit «Söitränki» (Molke) und wog noch schwerer. Die schmalen Tragriemen schmerzten. Der Weg führte durch einen Wald, und es wurde immer dunkler. War da hinter meinem Rücken nicht ein Geräusch? War da jemand? Meine Angst stieg zusehends. Wo blieb mein Mut? Rückwärtsgehend und dabei laut singen fühlte ich mich besser!

Heute trägt man die Molke nicht mehr auf dem Rücken. Gesundheitsbewusste Menschen trinken oder baden sogar in ihr. Geschäftstüchtige Hoteliers bieten Antiaging-Molkekuren an. «Söitränkikuren» verkaufen sich weniger gut.

Die Bäuerin kam viele Jahre später auf tragische Weise ums Leben. Als sie eines Tages im Winter nicht zur gewohnten Zeit vom Markt heimkehrte, wurde sie überall gesucht. Die Drähte liefen heiss. Doch niemand hatte sie gesehen. Schliesslich fand man die Frau von einer Dachlawine begraben beim Hinterausgang des Hauses.

Käthis Fensterläden

Dieses Kapitel handelt von Folgen des beginnenden «neurologischen Umbaus in meinem Frontallappenbereich». Ihr wisst nicht, wovon die Rede ist? Nun, ich werde erklärend darauf zurückkommen. Kürzlich war ich in der Stadt (Bern). Da, eine bekannte Stimme. Sie gehörte Ernst, den ich seit Jahrzehnten nicht mehr gesehen hatte. Ernst, mein Nebenbuhler vor vielen, vielen Jahren!

Ich war 14 Jahre alt und heimlich verliebt. In Vreni. Zu Weihnachten kaufte ich Pralinen. Bevor ich das Päckchen klopfenden Herzens in ihren Milchkasten legte, versah ich es mit einem schönen Bändchen. Ein Kärtchen legte ich nicht dazu. Dazu fehlte mir der Mut. Was geschah? Nach den Festtagen widmete Vreni sich auffallend diesem Ernst! Dass ich ihr Verehrer sein könnte, zog sie überhaupt nicht in Betracht! Natürlich schwieg ich, um mich ausser mit Liebeskummer nicht auch noch mit Spott herumschlagen zu müssen. Vreni und Ernst sind noch heute ein Ehepaar. Spielte ich Schicksal? Dem Vernehmen nach soll Vreni krankhaft eifersüchtig sein. Man sei erstaunt, dass Ernst nicht schon längst…

Zwei Jahre später wurde es konkreter. Ich hatte nun einen richtigen Schulschatz, Käthi (Katharina). Sie wohnte hangaufwärts in einem Einfamilienhaus. Von unserer Wohnung aus konnte ich das Fenster ihres Zimmers sehen. War ihr Vater nicht zu Hause und meine Nähe genehm, schloss sie einen der Fensterläden. Ihre Mutter, eine überaus gepflegte Dame, hatte nichts gegen meine Besuche einzuwenden. Dazu muss ich etwas ausholen.

Unsere Wohnung verfügte über keine Nasszone. Waschen konnte ich mich nur am steinernen Spühltrog in der Küche. Das hatte zur Folge, dass ich öfters das Hallenbad aufsuchte. Stand der Fensterladen auf «günstig», verabschiedete ich mich zu Hause in Richtung Hallenbad. Indes, statt mich im Hallenbad um meine Hygiene zu kümmern, tauchte ich bei Käthi auf. Ihre Mutter war oft im grossen Gemüsegarten beschäftigt. Als Gentleman half ich tatkräftig mit. Die Nähe zu meiner Angebeteten, das anerkennende Dankeschön meiner «Schwiegermutter» und ein «Zvieri» (Vesper) wogen alle Mühsal auf. Waschen konnte ich mich am Spühltrog im Keller. Ich durfte bloss nicht vergessen, meine Badehose nass zu machen. Entlarvt wurde ich nie. Im Gegenteil. «Gell, das Hallenbad tut dir gut. Zudem bist du nun wieder sauber», stellte meine Mutter zufrieden fest. Eigentlich war es gemein, sie hinters Licht zu führen. Damals über Liebe zu sprechen war aber nicht üblich, und mir fehlte dazu der Mut.

Richtig, ich bin noch eine Erklärung schuldig. Beim «neurologischen Umbau im Frontallappenbereich» handelt es sich um nichts anderes als die Pubertät. Warum ich dies weiss? Um mein Gehirn auf Trab zu halten und ganz einfach aus Interesse besuche ich Vorträge an der Seniorenuniversität. Diese Institution steht grundsätzlich allen Senioren offen, doch die Zuhörerschaft setzt sich zur Hauptsache aus akademisch gebildeten Rentnerinnen und Rentnern zusammen. Gut erzogen wie ich bin, grüsste ich anfänglich meine Sitznachbarn. Als Antwort erntete ich aber meist nur erstaunte Blicke. Ich fiel offensichtlich unangenehm auf. Jetzt verzichte ich auf solche Freundlichkeiten und gehöre nun sozusagen dazu. Ich habe mich angepasst, integriert.

Noch etwas. Auffallend ist der enorm grosse geistige Speicherplatz meiner «Kommilitoninnen und Kommilitonen». Weitaus die meisten können einfach dasitzen und zuhören, ohne sich je Notizen machen zu müssen. Ich gehöre leider nicht dazu.

Mit einem Bein bei den Antipoden

Im neunten und letzten Schuljahr stand die grosse dreitägige Schulreise an. Das Tram brachte uns zum Berner Hauptbahnhof. Rosemarie zu ihrer Freundin: «Mein Rucksack sah etwas schlaff aus, ich packte deshalb noch die Zoccolis (Holzsandalen) ein». Rosemarie sollte in meinem Leben noch eine belastende Rolle spielen. Nur wusste ich es zu diesem Zeitpunkt noch nicht.

Mit dem Zug fuhren wir nach Kandersteg ins Berner Oberland. Über die Gemmi, einen Saumpass, ging's nach Leukerbad ins Wallis. Alles zu Fuss! Damals bestanden die Luftseilbahnen Kandersteg-Sunnbühl und Gemmi-Leukerbad noch nicht. Während des steilen Aufstiegs kam Rosemarie, am Ende ihrer Kräfte, als belastende Komponente ins Spiel.

Ich muss schon damals ein fescher Kerl gewesen sein, sonst hätte mir der Lehrer wohl kaum zugetraut, Rosemaries Rucksack auch noch zu tragen. Das Wissen um die Zoccolis trug nicht dazu bei, meine vorübergehend reduzierte Sympathie Rosemarie gegenüber zu steigern. Das Gewicht empfand ich als enorm. Bei jedem Schritt glaubte ich, das Bein komme «in Neuseeland unten» wieder heraus. Die Neuseeländer sind nämlich unsere Antipoden (Gegenfüssler). Dies wusste ich, weil Geografie (Erdkunde) mein Lieblingsfach war.

Leukerbad, heute ein bedeutender Thermalkurort, war damals ein Kaff. Unsere nach Erholung lechzenden Füsse konnten wir nur in einem kleinen Bassin erfrischen.

Anderntags hinunter nach Leuk im Rhônetal. Natürlich zu Fuss! Mit dem Zug via Simplon und das Centovalli nach Locarno. Per Postauto nach Arcegno. Weiter über Ronco nach Brissago. Leider muss ich mich wiederholen. Zu Fuss! Mit dem Schiff fuhren wir zurück nach Locarno, mit einem Zwischenhalt auf den Brissago-Inseln.

Übernachtet haben wir bei brütender Hitze in einem Hotel mit Flachdach mitten in Locarno. Mit Mineralwasser, literweise getrunken, liess sich unser Durst nicht löschen. Wir waren direkt gezwungen, unser Heil im verbotenen Bier zu suchen. Den Schlaf nicht findend und auf der Suche nach Kühlung schleppten wir die Matratzen aufs Flachdach. Männleins und Weibleins Matratzen bunt gemischt. Keine Angst, bevor irgendein Happening hätte entstehen können, bereitete der Lehrer dem Treiben ein Ende. «Skandal! Orgie auf der Schulreise!» das wäre wohl anderntags auf der Titelseite des «Blick» gestanden, wenn es diese Postille damals schon gegeben hätte.

Bleibt der dritte und letzte Tag. Mit dem Postauto fuhren wir auf die gegenüber Locarno gelegene Alpe di Neggia. Von dort ging's weiter auf den Monte Tamaro. Mangels einer Bergbahn wieder zu Fuss.

Der allseits geachtete Lehrer muss Hauptaktionär einer Wanderschuh- oder zumindest Gummisohlenfabrik gewesen sein! Der Heftpflasterumsatz seinerseits erreichte ein Allzeithoch.

Schwesters Rache

Skifahren war von Kindsbeinen an mein Lieblingssport. Nahte der Winter, prüfte ich jede Wolke auf ihre Schneeträchtigkeit. Ich führte über Jahre hinweg eine Schnee- und Temperaturstatistik. Zeigten sich auf nasser Strasse Anzeichen von Vereisung, erfüllte mich dies mit Freude, denn bei Schneefall wäre das ersehnte Weiss liegen geblieben. In dieser Beziehung war ich ein richtiger Spinner. Ski fuhr man auf den Hügeln in der unmittelbaren Umgebung. Später auf dem Gurten, Berns Hausberg. Oben auf Gurtenkulm waren Scheinwerfer installiert, damit auch abends gefahren werden konnte. Die Skischule Bern führte Kurse durch. Lag genügend Schnee, wurde an Trams und Autobussen mit gelben Tafeln darauf hingewiesen: «Skiföre auf Gurtenkulm», gegebenenfalls mit dem Zusatz «Talfahrt günstig». Die kleinen Kabinen der Gurten-Standseilbahn waren aus Holz und rot gestrichen. Bei günstigen Verhältnissen bildeten sich bei der Talstation lange Warteschlangen. Oft waren wir zu Fuss schneller oben und benötigten erst noch kein Geld. Die Bahn verkaufte reduzierte, so genannte Schussfahrtbillette, werktags für vier, sonntags für drei Fahrten gültig. Um die Zufahrt zur Talstation zu erleichtern, wurde durch den Wald eine mehrere hundert Meter lange Schneise geschlagen.

Heute ist Skifahren am Gurten kein Thema mehr, mit Ausnahme eines Kinderskilifts auf der Gurtenmatte. Mountainbiker beherrschen dank einer anspruchsvollen Downhillstrecke die Szene. Jetzt profitieren sie von einem günstigen Abonnement. Meine Skis, ohne Kanten und nur mit einer Lederriemenbindung versehen, waren veraltet, ein Auslaufmodell. Damals, gegen Ende der vierziger Jahre, gab es bereits Skis mit Kanten und Kabelzugbindungen. Die Schuhe waren fest mit den Skis verbunden, was den Fahrstil revolutionierte. Zu Weihnachten wünschte ich mir neue Skis. Mutter hatte keine Ahnung vom Skifahren. Sie gab meinen Wunsch an Zbinden weiter, der selber Ski fuhr und dies erst noch gut. Was lag unter dem Tannenbaum? Skis ohne Kanten, mit einer Lederriemenbindung! Lag auf dem Gurten kein Schnee, war das Gantrischgebiet Ziel der Skifahrer aus Stadt und Region Bern. Namensgeber ist der Gantrisch, ein Voralpengipfel, über 2000 Meter hoch. Private Personenwagen gab es praktisch keine. Benutzt wurden Postautos. Obwohl mehr als vierzig Postautos eingesetzt wurden, fand man an schönen Sonntagen ohne Platzreservation keinen Platz. Gefahren wurde am Selibühl. Mangels eines Lifts mussten die 120 Höhenmeter zu Fuss mit geschulterten Ski überwunden werden. Und dies x-mal. Nach und nach bildete sich eine Piste. Von Training und Fitness sprach niemand. Man fuhr einfach Ski.

Bei günstigen Schneeverhältnissen fuhr ich mit Kollegen gegen Mittag über Eywald nach Rüschegg-Heubach hinunter. In diesem Dorf wohnte die Grossmutter meines Schulfreundes Manfred. War er mit von der Partie, durften wir auf eine Stärkung hoffen. Heute ist das Gebiet durch einen Skilift erschlossen. Damals aber führte uns ein Postautosonderkurs zurück zum Selibühl. Gegen Abend fuhren wir in ruppigem Gelände via Wyssebachgraben hinunter zur Postautohaltestelle beim Hotel Gurnigelbad. Heute nennt man solches Tun Freeriden.

Im Frühling schnallten wir die Felle an und umrundeten via Morgeten- und Leiternpass den Gantrisch. Einmal hatte ich die Felle vergessen, wollte aber auf die Tour nicht verzichten. Mühsam bewältigte ich die Steigungen mit seitlichen «Treppentritten». Auf einer dieser Touren begleitete mich meine Schwester Renée. Mir war es völlig unverständlich, dass man bei der Abfahrt vom Leiternpass Schwierigkeiten haben könnte. Und dass Renée wegen Müdigkeit auf die

Abfahrt zum Gurnigelbad verzichten wollte, begriff ich gar nicht: «Blödsinn, das kannst du doch, komm jetzt endlich!». Alles ging gut, bis zum Steilhang bei der Wyssebachalp. Doch wo blieb sie nur? Hoch oben und laut weinend lag sie im tiefen Schnee. Die länger werdenden Schatten und das Brummen der auf der Gantrischstrasse talwärts fahrenden Postautos trugen nicht zu meiner Beruhigung bei. Voller Angst und mühsam stieg ich den steilen Hang hinauf und stellte erleichtert fest, dass sie sich nicht ernsthaft verletzt haben konnte. Offenbar stimmt es, dass Frauen wegen einer Kleinigkeit ein Theater machen können! Erst kürzlich hat mir Renée gestanden, dass der Sturz gewollt und der Weinkrampf gespielt war. Ein Akt der Rache. Todmüde und wütend über meine Rücksichtslosigkeit habe sie mir Angst einjagen wollen!

Leider war meine Angst zu wenig gross, um meine Ansichten über die weibliche Schwäche nachhaltig zu ändern. Dies sollte einige Jahre später Folgen haben. Leidtragend war Rosa. Sie war damals meine Freundin. Mittlerweile sind wir über 50 Jahre miteinander verheiratet. Rosa, ohne Sport aufgewachsen, kaufte aus Liebe zu mir eine Skiausrüstung. Der erste Skiausflug führte per Postauto nach Schwarzenbühl ins Gantrischgebiet. Die ersten Fahrversuche verliefen erfreulich. Müde geworden, bat mich Rosa nach der Mittagspause, alleine Skifahren zu gehen. Sie begleite mich lieber zu Fuss zur Piste. Als sie meinen aufkommenden Ärger und meine Enttäuschung bemerkte, schnallte sie die Ski doch wieder an. Es kam, wie es kommen musste. Sie stürzte bei der ersten Abfahrt. Beinbruch. Gips bis in den Sommer hinein. Nun endlich war ich ein für alle Mal geheilt. Nie mehr dränge ich Rosa, etwas gegen ihre innere Überzeugung zu tun. Ich wurde zumindest in dieser Beziehung so etwas wie der ideale Gatte.

Wiederum einige Jahre später, wieder im Gantrischgebiet, im Ottenleuenbad. Wir waren inzwischen verheiratet und hatten zwei Kinder. Der achtjährige Sohn André reizte die

Skilift-Tageskarte bis aufs Äusserste aus. Rosa war dank dem Besuch von Skikursen mittlerweile eine sehr gute Skifahrerin geworden. Sie lehrte der fünfjährigen Tochter Madeleine den Stemmbogen (Schneepflug). Langsam fuhr sie voraus, blickte über die Schulter zurück zur Tochter und stürzte. Dabei drehte sie sich langsam um die eigene Achse und brach sich das rechte Fussgelenk. Eine Sicherheitsbindung, die sich vielleicht geöffnet hätte, gab es damals noch nicht. Sie erlitt eine komplizierte Splitterfraktur, wie sie schlimmer nicht hätte sein können. Der Arzt sprach von einem «Birchermüesli». Nach Komplikationen und mehreren Operationen konnte sie nach eineinhalb Jahren die Stöcke endlich zur Seite legen. Nach wenigen Jahren hatte sich die voraussehbare Arthrose derart ausgebildet, dass das Gelenk künstlich versteift werden musste. Der Arzt sprach von einem Invaliditätsanspruch. Doch Rosa, die Optimistin, für die das Glas immer halb voll ist, wollte davon nichts wissen. Es gelang ihr, ihre Schrittlänge derart zu modifizieren, dass man ihre Behinderung kaum bemerkte. Nur Eingeweihte wussten davon.

Der falsche Würfel

Es begann bereits in der achten Schulklasse. Immer häufiger die nervende Frage: «Welchen Beruf willst du erlernen, hast du eine Lehrstelle»? Eine kaufmännische Lehre fiel wegen meines Stotterns leider nicht in Betracht. Zudem hätte ich dazu die Sekundarschule besuchen müssen. Mechaniker? Feinmechaniker tönte besser. Ohne zu wissen, was die eigentlich so tun, wurde dies meine Standardantwort. Die Fragesteller waren damit zufrieden, und ich hatte meine Ruhe.
Ein Bastler war ich nie. Aber eine Fahrradreparatur lag schon im Rahmen meiner Möglichkeiten. Zbinden, ein gelernter Schlosser, hatte das Werkzeug immer weggesperrt. Da ich wusste, wo er den Schlüssel versteckt hatte, borgte ich

mir gelegentlich Werkzeuge aus und legte sie an den genau gleichen Ort zurück. Die Benutzung der Werkbank und des Schraubstockes war mir ebenfalls untersagt. Setzte ich mich über das Verbot hinweg, musste ich darauf achten, wie weit der Schraubstock geöffnet war. Wichtig war auch, dass ich mir die Stellung der Kurbel einprägte. Erwischt hat mich Zbinden nie.

Auf der Suche nach einer Lehrstelle sprach ich, von Mutter begleitet, an freien Nachmittagen bei verschiedenen mechanischen Werkstätten vor. Erfolglos. Der Lehrer empfahl mir und drei Schulkameraden, es bei der Hasler AG in Bern zu versuchen. Wir mussten eine Aufnahmeprüfung ablegen. Nebst Rechnen, Deutsch und so weiter beinhaltete diese auch einen psychotechnischen Test. «Zeichnen sie einen Strich. Nun zeichnen sie einen langen Strich» und weitere solche komische Aufgaben waren zu lösen. Der Lehrer war nicht nur geachtet, sondern offenbar auch tüchtig. Wir alle bestanden die Prüfung! Die Hasler AG bildete pro Jahr 30 Lehrlinge aus, davon 15 Feinmechaniker. Die Ausbildung dauerte vier Jahre. Das erste Lehrjahr absolvierten wir gemeinsam in der Lehrlingsabteilung. Erstmals in meinem Leben sah ich Drehbänke und Fräsmaschinen.

Der Lehrlingsmeister sass vorne an einem erhöht stehenden Pult und überblickte so die Werkplätze. Diese bestanden aus einem Schraubstock und einer Schublade. Mein Platz war ganz vorne, direkt vor den Augen des Chefs. Dies stellte sich als unglücklich heraus. Da ich nicht wusste, wie man eine Feile in der Hand hält, fiel ich ihm sofort auf. Ich war registriert, ein für alle Mal als unfähig abgestempelt. Ich konnte ihm nur selten etwas recht machen. Dass ich mir dies nicht einbildete, zeigt folgende Geschichte. Wir mussten einen Würfel und eine Bodenplatte herstellen. Der auf einer Ecke stehende Würfel wurde mit der Platte verschraubt. Bei der Kontrolle hatte der Chef über Tage hinweg daran immer wieder etwas auszusetzen. Ich war verzweifelt. Mein Nachbar hatte Bedauern mit mir: «Komm, zeig meinen Würfel, er hat ihn vorgestern als gut befunden». Was geschah? «Du unterstehst dich, mir erneut einen solchen Murks vorzulegen» wurde ich angeschrien.

Endlich war das erste Lehrjahr vorüber. Ab dem zweiten Lehrjahr kamen wir in den Betrieb und wechselten halbjährlich die Abteilung. Der Chef meiner ersten Station war als streng bekannt und gefürchtet. Pro Lehrjahr war ihm ein Lehrling zugeteilt, insgesamt waren wir also vier Lehrlinge. Als Erstes erhielt ich den Auftrag, einen grossen Sprengdorn, ein komplexes Werkzeug, herzustellen. Bei der Abgabe stellte sich heraus, dass mich der Chef mit dem Lehrling des vierten Lehrjahrs verwechselt hatte! «Wie heisst du? In welchem Lehrjahr bist du? Hast du das wirklich selber gemacht?» Er und sein Stellvertreter waren sichtlich beeindruckt. Plötzlich wurde ich geachtet und respektiert. Ein neues, gutes Gefühl.

Das letzte Halbjahr der Lehre verbrachte ich in der Versuchsabteilung. Ich musste Einzelstücke für Prototypen herstellen. Zur Beendigung der Lehre gehörte die Abschlussprüfung. Die Prüfung in den Schulfächern gelang mir gut. An Einzelheiten kann ich mich nicht erinnern. Aber die praktische Prüfung ist mir noch sehr präsent. Als Prüfungsstück mussten wir eine gefeilte Bodenplatte mit Bohrungen und Aussparungen herstellen und darauf bewegliche Teile montieren.

Das Ganze sah einer Miniatur-Tinguely-Maschine ähnlich. Die zuerst gefertigte, gut gelungene Bodenplatte versorgte ich in der Schublade. Danach erstellte ich die restlichen Teile. Bei der Schlussmontage der grosse Schrecken. Die Bodenplatte war ausgetauscht worden! Vor mir lag ein kaum zu gebrauchender Murks. Unter anderem war die wichtigste Bohrung zu gross. Meinen verzweifelt vorgetragenen Unschuldsbeteuerungen schenkte der Prüfungsexperte Glauben. Ich erhielt zwei Stunden Zeit, die gröbsten Fehler auszumerzen. Damit erreichte ich wenigstens noch ein «Genügend» als Note. Frustriert holte ich das Prüfungsstück nie ab.

Mastbruch vor Avignon

Während der Lehre kaufte ich mir ein zweiplätziges Faltboot. Für einen Lehrling war das eigentlich ein Luxusobjekt. Weil die Bootshaut praktisch nur noch aus Flickstellen bestand, hatte ich es spottbillig erwerben können. Zusammengelegt fand es auf einem zuklappbaren «Wägeli» (kleinem Wagen) Platz.

Oft begleitete mich Renée auf der Thunersee-Tour. An schönen Sonntagen fuhren wir mit dem Zug nach Thun. In der Nähe der Schifffländte setzten wir das Boot zusammen. Hatten wir das offene Gewässer, den Thunersee, erreicht, hissten wir das Segel, das aus einem alten Leintuch bestand. Als Mast diente ein Besenstil. Anstelle eines Kiels benutzten wir zwei seitlich ins Wasser gelassene Bretter, um nicht abgetrieben zu werden.

Derart ausgestattet kreuzten wir mehr oder weniger rassig auf dem See hin und her, zur Hauptsache damit beschäftigt, grösseren Schiffen auszuweichen. Am frühen Nachmittag paddelten wir zum Einstiegsort zurück, wasserten aus, banden das Boot aufs Wägeli und marschierten zum Schwäbis unterhalb von Thun. Von da aus ging es auf der Aare weiter. Nach etwa drei Stunden Flussfahrt fand das Sonntagsvergnügen im Eichholz in Wabern seinen Abschluss.

Mit dem Boot konnte ich auch leichte Wildwasserflüsse befahren, so zum Beispiel die Saane zwischen Freiburg und Gümmenen. Damals gab es den Schiffenen-Stausee noch nicht, das Wasser hatte freien Lauf. Auf diesen Fahrten war ich jeweils allein. Nach Arbeitsschluss, am frühen Samstagnachmittag, löste ich am Hauptbahnhof Bern ein Billett Bern–Freiburg einfach. Das verpackte Boot gab ich als Passagiergut auf. Beim Vorweisen des Billetts gab es einen deutlich reduzieren Preis. Statt mich nun in den Zug zu setzen, gab ich das Billett mit einer Ausrede am Billettschalter zurück. Mit dem zurück erstatteten Fahrpreis in der Tasche stellte ich mich an den Strassenrand und gelangte per Auto-stopp nach Freiburg.

Nach einigen Kilometern Fahrt auf der Saane schlug ich auf einem kleinen «wilden» Zeltplatz bei Düdingen mein Zelt auf. Im Verlauf des Sonntagvormittags stieg der Wasserspie-gel jeweils etwas an, die vereinzelt anzutreffenden Strom-schnellen wurden dadurch noch rassiger. Berüchtigt war die «Laupen-Schwelle». In Gümmenen endete die Fahrt. Das wieder verpackte Boot gab ich am Bahnhof als normales Gepäckstück auf und erreichte Bern wiederum per Autostopp. Der Bahnhof war zu klein, als dass ich den Passagiergut-Trick hätte anwenden können. Eines Samstags wurde in Bern das Billett bei der Gepäckaufgabe auf der Rückseite abgestem-pelt! Eine Rückgabe war nun nicht mehr möglich, mein Ta-schengeld entsprechend geschmälert. Die SBB konnten im Gegenzug ihr Betriebsergebnis verbessern.

Die Ferien im ersten Lehrjahr verbrachte ich mit Peter, einem Lehrling im dritten Lehrjahr. Unterhalb von Genf vertrauten wir uns der Rhône an. Das Boot war voll beladen mit Zelt, Kochtopf und Verpflegung. Die Rhône war damals noch vollkommen unverbaut. In Tagesetappen peilten wir das Mittelmeer an. Gegen Abend suchten wir jeweils geeignete Rastplätze. Auf dem Weg in den Süden befuhren wir auch die Ardèche. Diese windet sich über 30 km in einer tief ein-geschnittenen, mit Stromschnellen gespickten Schlucht von den Cevennen der Rhône zu. Heute wird die Ardèche tou-ristisch voll genutzt. Jedermann kann Kanus mieten. Diese bewegen sich während der Saison an schönen Tagen dicht an dicht flussabwärts.

Damals waren wir glücklicherweise praktisch allein unter-wegs. Bei Pont-St-Esprit mündet die Ardèche in die Rhône. Ein heftiger Wind empfing uns. Der Mistral. Super, dachten wir, endlich können wir das Segel hissen. Doch das Vergnü-gen dauerte nicht lange. Ohne jegliche nautische Kenntnisse unterliessen wir es, das Segel zu reffen. Vor Avignon brach der Mast. In Arles beendeten wir die Bootsfahrt. Zwei Tage Aufenthalt in Marseille rundeten die Ferien ab.

Peter erwies sich als ein flotter und umgänglicher Kollege. Wir gingen zusammen auch Skifahren. Es kam die Zeit des Wintercampings. Nicht so feudal wie heute mit heizbaren Wohnmobilen, sondern mit Zelten. Neujahrsferien. Kollegen mit ihren Freundinnen hatten in Grindelwald eine Wohnung gemietet. Peter und ich hatten im Haus keinen Platz und reisten mit dem Zelt an. Von Wintercamping hatten wir nicht die geringste Ahnung. Bevor wir das Zelt aufstellen konnten, mussten wir im Garten des Hauses einen Platz freischaufeln. Dabei kamen wir ordentlich ins Schwitzen, die grosse Kälte nahmen wir nicht wahr. Zur Schlafenszeit hingegen schon. Die Wolldecke als isolierende Unterlage und auch der Schlafsack erwiesen sich als ungenügend. Mit der Zeit fand sich nichts mehr, was wir noch hätten anziehen können. Wir froren jämmerlich. Morgens erwachten wir auf der Küchenbank. Von den bewundernden Blicken der jungen Frauen am Vorabend blieb nichts übrig. Für mich hatte Wintercamping ein für alle Mal jegliche Attraktivität verloren.

Abschliessend noch eine im Grunde genommen unrühmliche Geschichte. Der erste Skilift im Gantrischgebiet wurde 1953 beim Hotel Schwefelbergbad eröffnet. Eine steile Rampe unmittelbar nach dem Anbügeln verhinderte die Sicht auf den weiteren Verlauf des Trasses. Peter und ich nutzten, aufkommende Skrupel unterdrückend, diesen Umstand aus. Wir fuhren gemeinsam mit nur einer Tageskarte. Wer mit dem Lift hoch fuhr, liess die Karte an einer bestimmten Stelle in den Schnee fallen. Der andere hob sie während des Herunterfahrens auf und wiederholte das Spiel. Jahrzehnte später wurde Peter als Kriminalhauptkommissar pensioniert. Den Besitzer des Lifts lernte ich viel später kennen. Seine Reaktion auf meine Beichte lies verschiedene Interpretationen zu. War es ein Grinsen oder doch eher ein gequältes Lächeln? Peter habe ich aus den Augen verloren. Mit seinem jüngeren Bruder Fred und dessen Frau Nelly verbindet Rosa und mich hingegen seit langem eine enge Freundschaft.

Herzklopfen und Liebeskummer

Während der Lehrzeit hatte ich mit Hans am meisten Kontakt. Nicht zuletzt wegen seiner hübschen Schwester Fränzi (Franziska). Hans kam aus gutem Haus. Sein Vater war Anwalt und besass ein Auto, was damals noch selten war. Hans hatte vier Schwestern. Heidi, die älteste, war bereits in festen Händen. Fränzi, die zweitälteste, kaum jünger als ich, war attraktiv und umworben. Die Familie wohnte in einem grossen Haus im Spiegel am Gurten. Die Karriere von Hans war vorgezeichnet. Nach der Sekundarschule absolvierte er eine Lehre als Feinmechaniker, danach ein Jahr Privatschule zur Vorbereitung auf die Weiterbildung am Technikum Burgdorf. Diese Ausbildung entspricht dem heutigen Ingenieurstudium an einer Fachhochschule. Hans war sportlich, gut aussehend, ein James-Dean-Typ. Schon als 18-Jähriger besass er ein Motorrad und den Führerausweis für Personenwagen. Mit Kurt, dem Freund seiner Schwester Heidi, unternahmen wir nebst Skitouren auch Kletter-und Hochtouren. Fränzi war gelegentlich auch mit von der Partie.

Waren wir nicht sportlich unterwegs, gingen wir ins Kino oder in den Berner Kursaal. Dort spielten grosse Orchester. Vor der Pause wurden Konzertstücke und leichte Klassik gespielt. Danach wurden Tische und Stühle gerückt und Platz für eine Tanzfläche geschaffen. Kaum spielte die Musik, schlug mir vor Angst das Herz bis zum Hals. Ein Mädchen zum Tanz aufzufordern kam für mich einer Mutprobe gleich. Öfters blieb ich feige sitzen.

Dank Hans war ich in einer höheren Liga angekommen, im Mittelstand. Die Burschen und Mädchen machten eine kaufmännische Lehre, besuchten eine Handelsschule, wenn nicht gar das Gymnasium. Die Väter waren Angestellte oder Beamte. Dass ich eigentlich nicht dazugehörte, war mir klar. Ich war hier, sie waren dort. Minderwertig fühlte ich mich indessen nicht. Bald hatte ich realisiert, dass auch diese Kreise nur mit Wasser kochten. In der Gewerbeschule fühlte ich mich gleichwertig. Das Stottern hatte ich weitgehend überwunden, und im Unterricht konnte ich voll mitmachen und mithalten. Die Primarschule hatte keine vertiefte Ausbildung in Algebra und Geometrie vermittelt. Diese Wissenslücken schloss ich an der von der Gewerbeschule angebotenen Abendkursen.

Reihum wurden hin und wieder Hausbälle veranstaltet. Die Mädchen putzten sich heraus, wir Burschen nicht minder. Ich war froh um meinen Konfirmationsanzug. Ein Hemd mit Krawatte war ohnehin üblich. Tanzen ergab sich in diesem Rahmen auch für mich von selbst.

Und Fränzi, mein grosser Schwarm? Leider hatte ich bei ihr nicht die geringste Chance. Nie ein verstohlener Blick oder eine zufällige Berührung, nichts, absolut nichts. Zweimal nahm ich all meinen Mut zusammen, um sie ins Kino einzuladen. Zweimal lag ich nach ihrer Absage mehrere Tage mit heftigstem Liebeskummer darnieder. Viele Jahre später traf ich sie wieder, an einer Beerdigung. Sie war bereits verwitwet. Was geschah? Ihren Bekannten stellte sie mich als ehemaliges «Schätzeli» (Freund) vor! Eigentlich müsste diese Geschichte Eingang ins Guinness-Buch der Rekorde finden. Als die sonderbarste Liebesbeziehung in der Geschichte der Menschheit.

Abschliessend noch ein Erlebnis aus dieser intensiv erlebten Zeit. Im Hotel «Bellevue» spielte sporadisch das Orchester Bob Huber, eine international bekannte Formation. Wie das so ist, sah man immer wieder die gleichen Burschen und Mädchen, einzeln oder in Gruppen. Eine der Gruppen nannte ich «HMM-Clan». Sie bestand aus Schülerinnen der Höheren Mädchenschule Marzili. Zu ihnen gehörte auch die im Spiegel wohnhafte Lilly. Ihr Freund Erich, ein Eishockeystar, spielte nicht nur beim Schlittschuh Club Bern (SCB), sondern auch in der Nationalmannschaft. Ich kannte ihn nicht persönlich und Lilly auch nicht besonders gut. Gross war deshalb mein Erstaunen, als sie mich eines Abends bei der Garderobe des Bellevue stürmisch begrüsste, küsste und umarmte. Sie flüsterte mir ins Ohr, ich möge bitte kein Spielverderber sein und mit ihr ein Liebespaar spielen: «Weisst du, Erich ist mit einer andern da. Der muss nicht meinen». Als Gentleman brachte ich es nicht über mich, Lilly zu enttäuschen, und schickte mich in mein Schicksal. Erich wurde später eine öffentliche Person. Sah ich ihn am Fernsehen, wurde ich an mein selbstloses Handeln erinnert.

Lilly und Erich fanden wieder zusammen, wenn auch nur vorübergehend. Das erfuhr ich viele Jahre später am Telefon. Ärzte versuchen nicht nur zu heilen, sie versenden auch Rechnungen. Eine dieser Rechnungen erforderte in meiner beruflichen Tätigkeit eine Rückfrage. Am Apparat war die Gattin des Arztes. Plötzlich, mitten im Gespräch: «Ihre Stimme kenne ich doch! Lucien? Also doch! Ich bin Lilly. Erinnerst du dich noch an damals, im Bellevue?». Seither weiss ich, was unter Nachhaltigkeit zu verstehen ist.

Zigaretten und Bohnenkaffee

In den Fünfzigerjahren war Autostopp verbreitet, zumal unter jungen Männern. Eigene Autos hatten nur wenige. Eisenbahnfahren war auch nicht billig. Im zweiten Lehrjahr stellte ich mich mit meinem Kollegen Bruno ausgangs Bern Richtung Basel an den Strassenrand. Wir wollten soweit als möglich nach Norden reisen. Zur Verfügung hatten wir zwei Wochen Ferien, und ich hatte hundert Franken Bargeld im Sack.

Ein Sprichwort sagt: Reisen bildet, Reisen erweitert den Horizont. Per Autostopp sogar noch intensiver. Die körperliche Ertüchtigung kam auch nicht zu kurz. Mit dem Rucksack auf dem Rücken legten wir in den Städten erhebliche Distanzen bis zu den gesuchten Ausfallstrassen zurück. Dort galt es, einen möglichst günstigen Standort zu wählen. Wichtig war, dass die Fahrzeuge noch nicht schnell fuhren und am rechten Strassenrand problemlos anhalten konnten. In grossen Städten war die Konkurrenz gross. Wenn möglich übernachteten wir in Jugendherbergen, sonst halt irgendwo im Trockenen. Etwa in einem offenen Schuppen, was glücklicherweise nur selten vorkam. Da wir zu zweit unterwegs waren, durfte unser Gepäck nicht zu umfangreich sein. Deshalb waren wir ohne Zelt und Schlafsack unterwegs.

Wir lernten die verschiedensten Leute kennen. Die Unterhaltung wurde von den drei W dominiert. Woher? Wohin? Wer seid ihr? Bei der Frage nach dem Woher mussten wir bald einmal Zürich nennen. Bern, immerhin die Bundesstadt, kannte nämlich kaum jemand. Dies irritierte mich. Kann es sein, dass nicht immer alles zutrifft, was einem gelehrt wird, was man hört und liest? Ich stand unter dem Eindruck, Bern sei der Mittelpunkt der Schweiz und diese wiederum das Zentrum Europas. Wir Schweizer seien bedeutend, das denkbar tüchtigste, zuverlässigste, wehrhafteste und erst noch humanste Volk weit und breit. Bruno, der die Sekundarschule besucht hatte und in einer anderen Umgebung aufgewachsen war, erging es nicht besser.

Wir kamen zügig voran. In Hamburg beeindruckte mich der grosse Hafen. Ich empfand auch das Tageslicht anders als zu Hause. Irgendwie heller.

In Eckernförde an der Ostsee wurden wir vom Fahrer eines Mercedes am Strand zu einem Kaffee eingeladen. Der vornehm wirkende ältere Herr mit Hut, Schnauz, einem tadellos sitzendem Anzug samt Lederhandschuhen und Gehstock kannte sogar Bern! Mehr gab er von sich nicht preis.

In Kopenhagen zeigte uns ein pensionierter Kapitän stolz seine Stadt mit den Vergnügungsparks Tivoli und Bakken. Er fuhr auf einem Velosolex, wir hinterher auf gemieteten Fahrrädern. Auf der Fahrt nach Bakken im Norden der Stadt fiel mir am Strassenrand eine riesengrosse Bierflasche auf, die Reklame einer Brauerei. Vor der Weiterreise deckte uns die Frau des netten Herrn mit riesigen Sandwiches ein.

In Schweden staunte ich. Wie bei uns damals bei Witwen üblich, trugen junge Frauen mit Kindern am linken Ringfinger zwei Eheringe. Erst Jahre später wurde mir klar, dass die vermeintlichen schwedischen Witwen verheiratete Frauen waren. Den ersten Ring streiften sie anlässlich der Verlobung über, den zweiten bei der Heirat.

Als wir in Oslo waren, wurde dort der achtzigste Geburtstag von König Haakon VII gefeiert. Für mich damals ein uralter Mann. Im Hafen, direkt vor dem Rathausplatz, hatten sich nebeneinigen Kriegsschiffen mit norwegischer Flagge zahlreiche Schiffe anderer Nationen eingefunden. So auch die «Gorch Fock», das Segelschulschiff Deutschlands. Im Abendlicht sass auf der Reling ein Matrose und spielte auf einem Akkordeon die Melodie aus dem Film «Der dritte Mann». Romantik pur. Der Kapitän eines norwegischen Torpedobootes führte uns mit leuchtenden Augen durch sein Schiff. Meine Begeisterung hielt sich in gewissen Grenzen, es gelang mir nicht, die Wirkung der Torpedo-Geschosse auszublenden. Überfahrt mit dem Fährschiff nach Fredrikshavn, Nordjütland, Dänemark. Nachts schlief ich irgendwo auf dem Boden. Als ich aufwachte, war ich mit Zigarettenstummeln und Asche übersät. Ein «Witzbold» hatte sich ausgelebt. Müde, mit noch zehn Franken in der Tasche, stand ich nach zwei Wochen wieder am Arbeitsplatz.

Im Jahr danach führte mich eine weitere Autostopp-Reise nach London. Diesmal war Heinz, der Bruder des Freundes meiner Schwester dabei. Abends beim Piccadilly Circus. «Dort müsst ihr dann unbedingt hin!», hatte man uns gesagt. Im Rund standen knapp geschürzte, so genannte leichte Damen. Alle waren Raucherinnen, alle hatten keine Streichhölzer dabei.

«Do you have a light»? hallt es noch immer in meinen Ohren. Wir zwei Nichtraucher mussten sie enttäuschen. Unsere Knickerbocker-Hosen fanden sie dennoch ergötzlich.

Und dann die Geschichte mit den Zigaretten. Jemand hatte uns empfohlen, Zigaretten zu schmuggeln. In London lasse sich damit gutes Geld machen. Doch sie waren dort billiger als bei uns! Was sollten wir nun machen, wie sie loswerden? Ich staune heute noch, dass es mir gelungen ist, die Zigaretten in einer Modeboutique zu verkaufen. Ich kannte kaum mehr als Yes and No, und musste meine Hände und Füsse bei der Konversation zu Hilfe nehmen.

Die Heimreise führte uns über Nordfrankreich und Deutschland zurück in die Schweiz. In Deutschland sei Bohnenkaffee sehr gefragt und teuer, erfuhren wir. Einmal Schmuggler, immer Schmuggler. Zudem betrachteten wir Schmuggelei als Kavaliersdelikt und wollten die in London erlittene Scharte auswetzen. Mit je einem Kilogramm Kaffee im Rucksack galt es, unbehelligt ins Saarland einzureisen. Damals war eine Grenzüberschreitung innerhalb Europas eine ernsthafte Angelegenheit. Der Pass und das Gepäck wurden kontrolliert, die Personen von oben bis unten genauestens angeschaut. Bezüglich des Gepäcks hatten wir wenig zu befürchten. Unsere Rucksäcke waren bisher nie kontrolliert worden. Wie aber würde es mit der olfaktorischen Wahrnehmung, dem Geruchsinn, der Zöllner bestellt sein? Bohnenkaffee ist ja nicht gerade geruchlos. Wir hatten Glück und konnten Deutschland unbehelligt betreten. In Saarbrücken ergab sich eine Win-Win-Situation. Wir erzielten einen schönen Gewinn, während ein Wirt günstig zu Bohnenkaffee kam. Offenbar sehr günstig. Darauf liess auf alle Fälle das von ihm offerierte üppige Mittagessen schliessen.

Disput zwischen zwei Nationen

Männer werden auch vom Staat geschätzt. Die älteren als gute Steuerzahler, die jungen als Soldaten. Als ehrlicher Steuerzahler habe ich meine Ruhe, als Soldat wurde um mich gestritten! Während ich in Genf die Rekrutenschule absolvierte, erhielt ich einen Stellungsbefehl der République Française. Ich wurde aufgefordert, mich bei der französischen Botschaft in Bern zu melden. Auf dem amtlichen Formular stand, im Unterlassungsfall komme der «Code de justice militaire» zur Anwendung. Hoppla! Ich orientierte die Schweizer Behörden in Bern sofort über das Ansinnen unseres westlichen Nachbarlandes. Für Bern war klar, dass ich Schweizer sei. Ich sei der Sohn eines Schweizers, lebe in der Schweiz und müsse also der Schweizer Armee zu Diensten stehen. Frankreich war damit nicht einverstanden und verwies auf seine Gesetzgebung. Als in Frankreich geborener Sohn einer Französin gehöre ich dem französischen Staatsverband an. Mein Platz befinde sich in der französischen Armee.
Zwischen Bern und Paris wurden Noten ausgetauscht. Ergebnis: Ich sei sowohl Schweizer als auch Franzose, somit ein Doppelbürger. Weil ich in der Schweiz wohne, müsse ich vorerst die Rekrutenschule beenden. Frankreich habe zugestimmt, auf mein Gesuch hin den Verzicht auf meine Staatsbürgerschaft zu prüfen. Um zwischenzeitlich keine Schwierigkeiten zu bekommen, müsse ich dcm Stellungsbefehl Folge leisten. Mein militärischer Vorgesetzter sei orientiert und werde einen entsprechenden Urlaubspass ausstellen. Die französische Botschaft wisse, dass ich in Uniform erscheinen werde. Wie die Prüfung vor sich ging? Vor der Untersuchung durch den Vertrauensarzt der Franzosen, einen Schweizer Arzt in Bern, musste ich auf der Botschaft einige Fragebogen ausfüllen. Zur Dokumentation meiner körperlichen Fitness wurden eine Anzahl Liegestütze und Kniebeugen verlangt. Ein Klacks für einen Rekruten der Schweizer Armee.

Das Gesuch an Frankreich, ein voll beschriebenes A4-Blatt mit sechs Beilagen, wurde von Bern in einem einwandfreien, diplomatisch und juristisch korrekten Französisch abgefasst. Meine Mutter musste es nur noch unterschreiben. Ich war ja noch nicht volljährig. Nach neun Monaten wurde ich allen Pflichten gegenüber Frankreich enthoben, «…..est libéré de ses liens d'allégeance envers la France». In der Folge wurde die Wehrpflicht für Schweizer Doppelbürger mit Frankreich und sechs weiteren Ländern in Abkommen geregelt. Für mich leider zu spät. Wie meine Schwester hätte ich nämlich die französische Staatsbürgerschaft behalten können. Renée besitzt Pässe beider Länder. Als Französin konnte sie seinerzeit in Paris ohne besondere Formalitäten und zeitlich unbegrenzt als kaufmännische Angestellte arbeiten.

Noch etwas. Man stelle sich vor, im Verlauf der neun Monate wäre ein Krieg ausgebrochen. Um weder auf der einen noch auf der andern Seite als Deserteur zu gelten, in Kriegszeiten ein äusserst ungemütlicher Zustand, hätte ich beide Fahnen verteidigen müssen. Am Vormittag diejenige der Schweiz, nachmittags wäre Frankreich an der Reihe gewesen. Vielleicht hätte ich wöchentliche oder monatliche Rochaden aushandeln können.

So, Ende der Hirngespinste, sonst dreht sich Franz Kafka ob des entgangenen Themas neidisch noch im Grab um.

Dem Schicksal ausgeliefert

Eigentlich habe ich ein schlechtes Gewissen. Da stritten sich einst zwei Nationen um einen vermeintlich tüchtigen Wehrmann. Dabei war ich dem Militär überhaupt nicht zugetan. Die Rekrutenschule RS und alle folgenden Militärdienste waren für mich eine Belastung. Ich fühlte mich nicht zugehörig. Das Gefühl kam von tief innen. Ich war hier, die andern dort. Am wenigsten lagen mir die Schiessübungen. Grosse

Mühe bereiteten mir auch Vorgesetzte, vom Korporal bis zum Offizier, die mit ihrer Macht nicht umzugehen wussten.

Ich verhielt mich möglichst unauffällig, so dass ich einer unter vielen war. Meine Aufgaben erfüllte ich so gut wie möglich, wie ich erzogen worden war. Eines Tages ging das Gerücht um, ich sei für die Unteroffiziersschule UOS vorgesehen. Am nächsten Donnerstag werde mich der Oberst persönlich darüber ins Bild setzen. Eine Katastrophe! Indes, das Schicksal war mir gnädig. Am Montag musste ich den Militärarzt aufsuchen. Eine wundgescheuerte Stelle am Hals hatte sich derart entzündet, dass ich den Kopf kaum mehr drehen konnte. Weil dazu noch Fieber kam, behielt mich der junge Arzt im Krankenzimmer. Am Dienstagabend hatte ich leider kaum noch Fieber. Es war mir aber ein Leichtes, einen zusätzlichen Fiebermesser zu organisieren. Entsprechend präpariert, liess er meine Fieberkurve wieder ansteigen. Um den Wochenendurlaub nicht zu gefährden, war ich ab Freitagmorgen fieberfrei. Mit dem Oberst hatte ich weder am Donnerstag noch sonst einmal direkten Kontakt. Glück gehabt, es war also doch nur ein Gerücht gewesen.

Doch im darauf folgenden Frühjahr erhielt ich aus heiterem Himmel ein Aufgebot für die UOS. Ich sprach damit bei der zuständigen Amtsstelle vor. Vergeblich. Eine Ausbildung zum Korporal könne auch gegen meinen Willen befohlen werden, hiess es da. Wenn ich dem Aufgebot nicht Folge leiste, sei dies Befehlsverweigerung.

Die UOS in Genf dauerte vier Wochen. Nach der Beförderung zum Korporal musste ich den Rang abverdienen und während der anschliessenden RS eine Gruppe führen. Als militärischer Vorgesetzter verhielt ich mich wie im zivilen Leben. Ich brüllte nicht dauernd herum, achtete auf eine faire und respektvolle Behandlung und wurde von meinen Rekruten geschätzt. Einige sandten mir noch während Jahren Ferien- und Neujahrsgrüsse. Von einem Metzger erhielt ich zu Weihnachten sogar Pakete mit Würsten.

Meine Militärdienste fielen voll in die Lehrzeit. Deshalb musste ich nach der Lehrabschlussprüfung noch während sechs Monaten zu Lehrlingsbedingungen arbeiten. Weil der Chef mit mir zufrieden war, konnte ich das in der Versuchsabteilung als zusätzlicher Lehrling tun. Auch als Arbeiter konnte ich diesen Arbeitsplatz behalten.

Zum Model erkürt

Wer kennt sie nicht, die so überaus interessanten Geschichten aus dem Militärdienst? Auf jeden Fall interessant für die Erzähler. Ich will nicht zurückstehen und lasse euch an einigen meiner Geschichten teilhaben.

Auf die erste, die sich anno 1955 während der UOS zugetragen hat, bilde ich mir nichts ein. Ich war ein typischer Mitläufer, erlag der Gruppendynamik, dem Gruppendruck. Es geschah am späten Abend, nach einer Übung vor den Toren Genfs. Wir standen unter dem Kommando von Hauptmann Steinhauser, einem jungen, sportlichen Berufsoffizier. Er war fordernd, aber immer korrekt. Irgendwie sympathisch. Hptm Steinhauser befahl den geordneten Rückmarsch in die Kaserne. Er selbst war mit dem Dienstauto unterwegs. Unsere Route führte entlang einer Tramlinie. Einer schlug vor, das Tram zu nehmen und stieg ein. Ein zweiter gesellte sich dazu. Dann noch einer und noch einer und so weiter und so fort. Bald befand sich die ganze Truppe im Tram, mit einem mehr oder weniger mulmigen Gefühl. Damit man uns von aussen nicht sehen konnte, legten wir uns im Tram auf den Boden. Im Kasernenhof empfing uns Hptm Steinhauser in einer filmreifen Szene. Breitbeinig, die Hände in die Hüfte gestützt, im Lichtkegel einer Laterne. Die Männer auf der hinteren Plattform hatten die Schiebetüre nicht ganz zugezogen! Uns wurde eine Standpauke verabreicht. Der Kommandant sprach von Disziplin, militärischem Verhalten und so fort: «Am liebsten würde ich euch alle in Arrest stecken. Leider fehlt es an genügend Platz, so dass ich es leider bei einer Verwarnung bewenden lassen muss». Was hätte er sonst tun können? Eine Meldung nach oben wäre seiner Karriere nicht dienlich gewesen. «Hat Hptm Steinhauser seine Leute überhaupt im Griff?», hätte man sich gefragt. Ich realisierte die Macht des Kollektivs.

Jahre später wurde ich auf der Langlaufloipe mit meinem Namen angesprochen. Von Hptm Steinhauser, mittlerweile zum Oberstleutnant befördert. Beim Kaffee kam auch die Tramfahrt zur Sprache. Eigentlich habe er sich darüber mehr amüsiert als geärgert, bekannte er mit einem Augenzwinkern. Eben, irgendwie ein sympathischer Mann.

Die zweite Geschichte, auch aus der UOS, handelt von einem übermächtigen Schlafbedürfnis und dessen Folgen. Laut Wachbefehl musste das Tor zum Kasernenhof rund um die Uhr durch eine Schildwache besetzt sein. Für diesen Dienst wurden jeden Tag nur zwei Rekruten abkommandiert. Dies bedeutete während vierundzwanzig Stunden abwechselnd zwei Stunden Wache und zwei Stunden Ruhezeit. Während der Ruhezeit war Gefechtsbereitschaft befohlen. Das Gewehr musste in Griffweite sein, nur der Helm durfte ausgezogen werden. Nach den nächtlichen Ablösungen befand ich mich übernächtigt und gegen Schlafattacken kämpfend im Wachlokal. Auf dem Kasernenhof wurden derweil meine Kameraden am Gewehr ausgebildet. Die Kaserne war sozusagen überbewacht. Eine Situation, wie sie in der Theorie erläutert worden war: «Bei einer veränderten Lage ist eine neue Beurteilung vorzunehmen und entsprechend zu handeln».

Ich setzte kurzerhand die Theorie in die Tat um, denn ich erkannte, dass meine Gefechtsbereitschaft zu diesem Zeitpunkt nicht erforderlich war. Ausgeruht würde ich meinen Dienst besser erfüllen können. Ich zog Schuhe, Patronentaschen und Kittel aus und legte mich auf der Pritsche zur Ruhe. Was glaubt ihr, was geschah? Über mich beugte sich ein Kopf samt dem mit Eichenlaub geschmückten Hut und weckte mich auf. Unser Waffenchef, der Oberstbrigadier (Einsterngeneral) persönlich! In seinem Pflichtenheft stand die Kontrolle des Wach- und Arrestlokals.

Wer nun meint, ich hätte mich danach in letzterem wiedergefunden, liegt falsch. Im Gegenteil, der Brigadier entschuldigte sich für die Störung! Er kannte offensichtlich den Wachbefehl nicht. Wem je Gleiches widerfahren ist, der trete zackig einen Schritt vor!

Bereits bin ich bei der dritten Geschichte. Während des Abverdienens stand mir als Lehrling nebst dem kleinen Sold nur eine bescheidene Erwerbsersatz-Entschädigung zu. Nach Bern zog es mich nicht besonders. Zbinden anzutreffen reizte mich nicht, und Fränzi war für mich ohnehin unerreichbar. Um die Fahrtkosten zu sparen, blieb ich deshalb über die Wochenenden öfters in Genf. Gemäss Wochenendbefehl hätte ich bis spätestens um Mitternacht in der Unterkunft sein müssen. Ein für mich nicht nachvollziehbarer, unverständlicher Befehl. Immerhin war ich Korporal und im Urlaub. Überall sonst hätte ich mir die Nacht bis zum Morgengrauen um die Ohren schlagen können.

Der Feldweibel, den ich darauf ansprach, zuckte mit den Schultern. Daran könne er nichts ändern. Das sei schon zu seiner Zeit als Korporal so gewesen. Das Kasernenareal war von einer hohen Mauer umgeben. Auf der Vorderseite das bewachte Haupttor. Das rückwärtig gelegene Tor, zum Ufer der Arve hin, war abgeschlossen. Das Licht der Strassenlaternen wurde von Bäumen abgeschirmt. War ich zu spät dran, kam mir die militärische Ausbildung zupass. Wie die Ladenwand auf der Kampfbahn sprang ich die Mauer mit der grösstmöglichen Geschwindigkeit an. Das Bein im Kniegelenk leicht angewinkelt, nützte ich Anpressdruck und Schwung aus und erreichte so die Mauerkrone. Von dort in den Kasernenhof hinunter zu springen war ein Leichtes. Die Unterkünfte der Unteroffiziere und Höheren Unteroffiziere waren im ersten Stock. Im

Erdgeschoss befanden sich die Toiletten. Dort zog ich einen Teil der Uniform aus. Hätte mich jemand im Treppenhaus angetroffen, hätte man annehmen können, ich komme von der Toilette. Nach drei Gängen hatte ich meine Uniform wieder beisammen.

Einmal drohte mein Unternehmen zu scheitern. Ich sass schon rittlings auf der Mauerkrone, als ich ganz in der Nähe Schritte im Kasernenhof hörte. Ein Rekrut auf dem Patrouillengang. Entgegen dem mir bekannten Einsatzplan war er zehn Minuten zu früh unterwegs! Ich verhielt mich bockstill und wagte kaum zu atmen. Der Rekrut trottete lustlos vor sich hin, statt wie befohlen die Umgebung aufmerksam zu beobachten. Wachkommandant war Jürg, ein Korporal mit Leib und Seele. Wie kam er dazu, die Fusspatrouille zu früh einzusetzen? Auf was konnte man sich noch verlassen? Immerhin befanden wir uns mitten im Kalten Krieg!

Noch eine letzte Geschichte, versprochen. 1955 verhandelten in Genf die Aussenminister der wichtigsten Staaten während drei Monaten über das weitere Schicksal Indochinas, Vietnamkonferenz genannt. Auslöser war die Niederlage Frankreichs in Dien Bien Phu im Norden Vietnams. In Genf wimmelte es von hohen ausländischen Militärs. Bern befahl, diesen die Wehrbereitschaft unseres Landes vor Augen zu führen. Für das Gruppen-Exerzieren wurde die beste Gruppe ermittelt. Wie ein Ruck ging es durch meine Leute: «Denen zeigen wir jetzt, was wir können! Unser Korporal soll sich nicht schämen müssen.» Wie nie zuvor spurteten sie, richteten sich blitzartig aus und schlugen die Hacken zusammen. Wir schwangen oben aus. Uns freute dies.

Robert, pardon, Rob, dagegen ärgerte sich. Aus reichem Haus, Sohn von Beruf, pflegte er mit einem Aston-Martin-Sportwagen in den Militärdienst einzurücken. Sein Verhalten den Rekruten gegenüber grenzte oft an Sadismus. Seine Gruppe zahlte es ihm mit einer lausigen Darbietung heim, zur Freude der ganzen Kompanie!

Ich kann es mir nicht verkneifen, vom militärischen Höhepunkt noch schnell zum persönlichen zu wechseln. Eine amerikanische Filmequipe drehte einen Film. Schienen wurden verlegt. Wir Unteroffiziere mussten, hinter den Schienen in einer Reihe aufgestellt, auf Befehl gemeinsam die Gewehre schultern, entladen und so weiter. Der legendäre Gewehrgriff durfte natürlich auch nicht fehlen. Die auf einem Wagen montierte Filmkamera wurde langsam vorbeigeschoben. Das Salz in der Suppe fehlte noch. Nahaufnahmen. Auf der Suche nach einem «Model» schritt der Regisseur die Reihe ab. Bestimmt dank meinen markanten Gesichtszügen und meiner Ausstrahlung fiel seine Wahl auf mich… Die Kamera zoomte hin und zoomte her. Mal von links, mal von rechts. Meine zackig ausgeführten Gewehrübungen und der hingeschmetterte Gewehrgriff flimmerten über die Filmleinwände Amerikas.

Die Entscheidung

Was Literatur alles bewirken kann. Nicht nur die sogenannte Weltliteratur. Der Roman «Monpti» von Gábor von Vaszary hat eine meiner wichtigsten Entscheidungen massgeblich beeinflusst. Die Liebesgeschichte mit tragischem Ausgang spielt in Paris. Später wurde das Buch verfilmt, mit Romy Schneider und Horst Buchholz in den Hauptrollen.

Eines Abends im April 1956 sass ich an der Bar des Restaurants Bali in Bern. Sie befand sich im ersten Stock und konnte nur durch eine der damals noch seltenen Rolltreppen erreicht werden. Diese Besonderheit und die laut Reklame grösste Bar Berns verliehen dem Lokal eine gewisse Note. Am Klavier spielte eine Pianistin französische Chansons. Durch das Fenster sah ich im Licht einer Strassenlaterne, dass der Regen stärker geworden und sich sogar mit Schneeflocken vermischt hatte. Diese Atmosphäre passte zu meiner bedrückten Stimmung und liess das Fass überlaufen. Mein spontan gefasster Entschluss stand fest: «Morgen kündige ich und ziehe nach Paris. Voila, fertig und Schluss».

Wie es zu meinem Cafard kam? Eine bessere und interessantere Stelle als jene in der Versuchsabteilung der Hasler AG hätte ich als junger Feinmechaniker nicht finden können. Trotzdem war ich nicht glücklich. Der Beruf gefiel mir nicht. Ich war nicht ausgefüllt, etwas fehlte mir. Sollte dies nun mein ganzes Leben sein? Ich war ja erst zweiundzwanzig. Für eine weitere Ausbildung, etwa den Besuch einer Handelsschule, fehlte das Geld. Die Beziehung zu Hans, der inzwischen eine Privatschule besuchte, bröckelte ab. In meinem Drang, etwas zu ändern, bewarb ich mich bei vier Reedereien als Schiffsmechaniker. Von allen erhielt ich Absagen. Allenfalls bräuchte man einen Maschinenschlosser. Sogar beim Tierpark Hagenbeck in Hamburg bewarb ich mich, als Tierfang-Gehilfe! Heute begreife ich, dass ich nicht einmal eine Antwort erhalten habe. Als Arbeiter war ich im Stundenlohn beschäftigt. Der Nachteil war, dass nur die effektiv geleistete Arbeit bezahlt wurde. Musste ich zum Beispiel während der Arbeitszeit zum Zahnarzt, hatte ich nicht nur dessen Rechnung im Briefkasten, sondern auch noch auf die Minute genau abgerechnet weniger Geld in der Zahltagstasche.

Der Vorteil war – alles hat zwei Seiten, soll schon Konfuzius gesagt haben – dass ich auf Ende des Monats mündlich kündigen konnte. Was ich denn auch tat.

Bei «Uncle Sam», einem Laden mit günstigen amerikanischen Armeeartikeln, kaufte ich das kleinste und leichteste Zelt. Aus Platzgründen verzichtete ich auf eine Schlafunterlage, die es damals nur in Form von Luftmatratzen gab. Aus Erfahrung wusste ich, dass Autostopper mit einem zu grossen Rucksack benachteiligt waren. Meiner war mit Benzinkocher, Schlafsack, Ersatzwäsche und einem zweiten Hemd schon genug gefüllt.

Es folgte der Gang durch die Ämter: Abmelden beim Militär und Deponieren der Ausrüstung im Zeughaus, Bezahlen der aufgelaufenen Steuern, sonst wären mir die Papiere nicht ausgehändigt worden, und ich hätte die Schweiz nicht korrekt verlassen können. Auf der Bank hob ich mein ganzes Vermögen von einigen hundert Franken ab. Zusammen mit dem Pass und den Arbeitspapieren trug ich das Geld fortan in einem Lederbeutel auf der Brust.

Anfang Mai stand ich in Bümpliz am Strassenrand. Einen genauen Plan hatte ich nicht. Ich wollte einfach mal an die Côte d'Azur und danach nach Paris, wo ich Arbeit zu finden hoffte. Ohne es zu wissen, war ich zu einem Aussteiger geworden, sofern es diese Spezies damals überhaupt schon gab.

Auf dem roten Teppich

Zwischen Genf und Annecy. Auf einen Karton hatte ich Côte d'Azur geschrieben. Ein Wagen hielt an. Der Fahrer öffnete den Kofferraum. Ein gutes Zeichen, eine längere Fahrt stand in Aussicht. Nun war ich froh, hatte ich meine Reise am Vortag nicht abgebrochen. Enttäuscht und niedergeschlagen hatte ich da feststellen müssen, dass ich mich auf Französisch nur mühsam unterhalten konnte. Mangels Selbstvertrauen stotterte ich wieder, wie früher in der Schule. Was sollte ich unter diesen Umständen in Frankreich, in Paris? Nach Hause zurückkehren? In Zbindens Nähe, ohne Stelle? Ich erinnerte mich an die in der Schule gehörte Geschichte von Demosthenes, dem erfolgreichsten Redner der Antike. Mit Kieselsteinen im Mund hatte er gegen den Lärm der Meeresbrandung angekämpft und so sein Stottern überwunden. Hatte der Lehrer davon erzählt, um mir Mut zu machen? Die Geschichte der Antike stand jedenfalls nicht im Lehrplan der Primarschule. So oder so, mein Widerstand war geweckt. In der Hoffnung, mein Selbstvertrauen werde mit zunehmender Sprechpraxis bald wieder gestärkt, setzte ich die Reise fort.

Zurück zum Fahrer. Er hiess Jean und befand sich auf der Fahrt nach Nizza. Ab Grenoble fuhren wir auf der Route Napoleon. Jean wollte in Gap übernachten und lud mich ein, auch zum Nacht- und Morgenessen. Als er mein Zögern bemerkte, schob er nach: «Natürlich in einem Einzelzimmer». Der Wein fand unsere Zustimmung, meine Zunge löste sich. Nun konnte ich mich mit meinem Schulfranzösisch unterhalten. Anders als Demosthenes musste ich mich nicht mit Kieselsteinen herumschlagen. Dafür stieg in Frankreich der Weinkonsum an. Anderntags fuhr Jean sehr zügig, um das Treffen mit seiner Frau und Kindern nicht zu verpassen. Ich erinnere mich an quietschende Pneus, eine schmale kurvenreiche Strasse, gesäumt von Kalkfelsen.

Vormittags erreichte ich Nizza, hielt mich dort aber nicht lange auf. Beim Flughafen stellte ich mich an die Strasse. Einem Citroën Deux Chevaux, einer sogenannten Ente, entstieg ein Abbé, ein katholischer Priester. Er trug eine schwarze Soutane und auf dem Kopf ein Béret. Der freundliche Herr liess es sich nicht nehmen, mir auf der Fahrt nach Cannes die Côte näher zu bringen. Wir besuchten einen Leuchtturm, Cap d'Antibes und Vallauris, wo bis kurz zuvor Picasso gelebt hatte. In Cannes schlug ich mein Zelt für einige Tage im Park einer unbewohnten Villa an der Croisette auf. Es war die Zeit des alljährlichen Filmfestivals. Im Nu war ich beim Hotel Carlton, inmitten der Stars und Sternchen.

Erstmals im Leben sah ich Blue Jeans. Toni, ein leicht ausgeflippter Typ aus St. Gallen, trug sie. Den gerissenen Hosenladen hatte er mit einer grossen Sicherheitsnadel gesichert. Im Festivalgebäude lief während der Nachmittagsvorstellung «Il Tetto». Regie führte Vittorio De Sica. An die Namen der Schauspieler kann ich mich nicht mehr erinnern. Die Absperrgitter waren zum Teil leicht verschoben, die zahlreichen Polizisten nicht mehr alle voll bei der Sache. Da sagte Toni: «Ich gehe nun hinein, komm mit». Ich widersprach: «Spinnst du, das geht doch nicht, sieh die Polizisten». Doch Toni ging strammen Schrittes ohne das geringste Zögern an den Polizisten vorbei und verschwand unbehelligt in der Drehtür des Haupteingangs. Ich war herausgefordert und tat es ihm gleich. Merke: Nicht nur Kleider machen Leute, ein sehr bestimmtes Auftreten auch.

Wir kamen in eine grosse Halle. Einige Leute plauderten in kleinen Gruppen. Mit einem roten Teppich belegte Treppenstufen führten hinauf zum Kinosaal. Dort befand sich eine fest montierte Filmkamera. Wir begaben uns des guten Überblicks wegen auf die Galerie. Trafen uns neugierige Blicke, gaben wir vor, Notizen zu machen, wie das Journalisten so tun.

Nach der Vorführung verliessen Vittorio De Sica, die Schauspieler und Zuschauer den Saal und die Halle. Eine Putzkolonne kam zum Einsatz. Es wurde gewischt und gesaugt. Wir blieben auf der Galerie. Unser Interesse galt dem Hauptevent des Tages, dem Film «Der Mann, der zuviel wusste», mit den Hauptdarstellern Doris Day und James Stewart. Regie führte Alfred Hitchcock. Der in diesem Film von Doris Day gesungene Song «Que sera, sera» sollte später zu einem Welthit werden.

Männer in Gardeuniform postierten sich entlang des roten Teppichs. Die hinter dem Spalier stehenden gewöhnlichen Zuschauer hofften, einen Blick auf die eingeladenen Stars zu erhaschen. Die Galerie wurde für das Publikum nicht geöffnet, wir blieben allein. Obschon wir uns möglichst diskret und schreibend im Hintergrund aufhielten, zogen wir die Aufmerksamkeit eines Offiziellen auf uns: «Wer seid ihr? Was macht ihr hier? Allez-y, vite. Geht weg, schnell». Sehr ungehalten führte er uns zu einer Hintertür. Diese war abgeschlossen. Die Zuschauer standen derart dicht, dass ein Durchkommen zu einer anderen Tür nicht möglich war. Der Mann wurde immer nervöser und wies uns an, die Halle über den roten Teppich und durch die Drehtür zu verlassen. Kaum hatten wir die ersten Stufen hinter uns gebracht, drehte sich unten die Tür, oben begann die Kamera zu surren. Eine Dame in einem hellen Abendkleid betrat die Halle und stieg lächelnd und winkend unter dem Applaus des Publikums die Treppe hinauf! In meiner Aufregung konnte ich nicht genau erkennen, wer es war. Mit diesen blonden und perfekt frisierten Haaren muss es Doris Day gewesen sein. Auf dem roten Teppich, gesäumt von Spalier stehenden Gardesoldaten, kreuzten sich Doris Day und ich, und die Szene wurde festgehalten durch eine Filmkamera! Somit gingen nicht nur wie in Genf meine markanten Gesichtszüge um die Welt, sondern auch mein schöner Rücken. Warum nur hat sich Hollywood nie gemeldet?

Was geschah noch? Brigitte Bardot, der frisch gebackene Star, mischte die Szene auf, bis überraschend Kim Novak auftauchte. Im Film «Picknick» spielte sie neben William Holden die Hauptrolle. Dumm war bloss, dass ihr niemand gesagt hatte, dass «Picknick» vor der Nominations-Jury keine Gnade gefunden hatte! Den Medien war es recht. Endlich konnten sie über etwas wirklich Interessantes berichten.

Das Festival ging zu Ende. Nicht Doris Day, sondern Susan Hayward wurde als beste weibliche Darstellerin ausgezeichnet. Die Filmleute zogen weiter. Cannes entvölkerte sich. Ruhe kehrte ein. Ich beschloss, weiter zu ziehen.

Nackt in den Dünen

Über Avignon und Arles führte mich der Weg nach Saintes-Maries-de-la-Mer in der Camargue. Ich wusste, dass dort jedes Jahr Ende Mai die «Fête des Gitanes» (Zigeunerfest) stattfindet. Das damals kleine Dorf kann ich heute kaum wiedererkennen. Derart verändern die zahlreichen Neubauten, Parkplätze und ein Jachthafen das Bild. Die einst kleine Arena aus Holz wurde durch eine grosse ersetzt. Ich erinnere mich an ein Restaurant und einen Verkaufsladen. Ob es damals ein

Hotel gab, bin ich mir nicht sicher. Zwischen dem Meer und den ersten Häusern befand sich ein sandiger Platz. Dort konnten die Touristen gratis ihre Zelte aufstellen.

Die nach und nach eintreffenden Gitanes reisten mit Wohnwagen und vereinzelt mit dem Camper an. Sie kamen, um ihre Schutzheilige, die schwarze Sara, zu feiern. Die Legende erzählt, dass Sara, in einer Barke vom Meer her gekommen und an der Küste der Camargue gelandet war. Zwei weisse heilige Jungfrauen begleiteten sie. Daher der Name Saintes-Maries-de-la-Mer. Die Statue der Sara befindet sich das Jahr hindurch in der Krypta der Kirche Notre-Dame-de-la-Mer. Von dort wird sie in einer Prozession einige Meter ins Meer hinaus getragen, wo sie mit Wasser bespritzt wird. Während meines Aufenthalts waren die Touristen an zwei Händen abzuzählen. Heute soll das Fest sehr touristisch sein.

Um ihren Wohnraum zu erweitern, stellten die Gitanes begehbare Zelte auf. Eine alte Frau, die vor einem dieser Zelte sass, hatte mein Interesse geweckt. Besser gesagt ihre Halskette aus Schweizer Fünffrankenstücken. Bald gesellte sich eine junge, überaus hübsche Frau zu uns. Sie bot mir an, meine Handlinien zu lesen, die Zukunft vorauszusagen. Ich wurde ins Zelt gelotst, danach bildete sie mit zusammengerollten Tüchlein auf meiner linken Handfläche ein Kreuz. Wie von ihr verlangt, legte ich in jedes der vier Felder Geld, Kleingeld. Das gehe nicht, sagte sie, Scheine müssten es sein. Also nahm ich die Münzen zurück und ersetzte sie durch Scheine. Die junge Schöne blickte mir tief in die Augen und sagte mir ausführlich ein langes Leben und eine grosse Liebe voraus. Zwischendurch nahm sie Geldscheine weg und legte sie schön geordnet auf die Seite. Die entstandenen Lücken musste ich wieder füllen. Dies dauerte so lange, bis meine Brusttasche leer war. Zu guter Letzt hauchte sie aus verschiedenen Richtungen über meine Hand. Die Scheine segnete sie, um sie danach schwungvoll einzustreichen. Da stand ich nun und bezahlte meine Naivität teuer. Abgesehen von den Münzen war ich völlig mittellos! Zu Hause hatte ich kein Bankkonto mehr und auch keine Familie, die mir finanziell hätte helfen können. Völlig verzweifelt versuchte ich, der Wahrsagerin meine Situation klarzumachen. Erfolglos. Abweisend gab sie vor, mich nicht zu verstehen. Mittlerweile war die Frau mit der Halskette zu uns getreten. Sie erkannte, dass meine Verzweiflung nicht gespielt war und wies die junge Frau an, sich mit dem Kleingeld zufrieden zu geben. Ich war gerettet! Mit der alten Frau wechselte ich während meines Aufenthaltes gelegentlich einige Worte. Begegnete ich der jungen Frau, lächelten wir uns zu.

Die Situation im Dorf war familiär. Man kannte sich. Wurde Gitarre gespielt, was oft geschah, bildeten sich spontan Flamenco tanzende Paare. Die Zuschauer klatschten rhythmisch dazu. Einer der Gitarristen war Manitas de Plata (Silberhändchen). Dieser wurde von Pablo Picasso und Salvador Dali gefördert und wenig später sehr berühmt. Wenn er spielte, war es, als ob ein ganzes Orchester musizieren würde. Zum Wasserbezug durften Hydranten benutzt werden. Dort wurde den zahlreichen Kindern vor dem Einnachten Körperpflege zuteil. Überall hing Wäsche zum Trocknen.

In der kleinen Arena wurden Stierspiele abgehalten, die Course Camarguaise. Zuerst wurden die Stiere auf offener Strasse zur Arena getrieben. Dort wurden ihnen zwischen den Hörnern Kokarden befestigt. Weiss gekleidete Raseteurs versuchten, ihnen diese zu entreissen. Dazu durften sie Crochets, kammähnliche Gebilde, verwenden. Auf die Kokarden waren durch Firmen gesponserte Geldpreise ausgesetzt. Mit Werbesprüchen wurden die Preise während des Spiels unter Beifall der Zuschauer noch erhöht. Nach dem Spiel wurden die Stiere wieder auf die Weide entlassen.

Die Stiere leben wie die Pferde halbwild in Herden. Die Gardians sind die Cowboys der Camargue. Sie sind mit einem Trident ausgerüstet, einer langen Holzstange mit einem

Dreizack an der Spitze und einem Lasso. Den ein Jahr alten Kälbern wird das Zeichen des Besitzers eingebrannt. Bei einer solchen Aktion, Ferrade genannt, konnte ich mithelfen. Wir Helfer mussten uns auf einer Linie ins hohe Gras legen. Die Gardians sonderten die Kälber ab und trieben sie auf uns zu. Auf Befehl mussten wir mit Geschrei aufstehen. Die Kälber erschraken und blieben stehen. Sie wurden von den Männern überwältigt und auf die Seite gedreht. Mit einem Brandeisen, das auf einem Feuer glühend gemacht worden war, wurden die Tiere gebrandmarkt. Die Kälber schrien, das verbrannte Fell stank.

Im Nachbarzelt wohnte ein deutsch sprechendes Paar. Sie war jung, mit einer damals ungewohnten Kurzhaarfrisur. Er hingegen war alt, hatte bereits das eine und andere graue Schläfenhaar. Ich konnte nicht begreifen, dass sie einen derart alten Freund haben konnte. Eines Nachmittags erlitt ich ihretwegen einen gewaltigen Schrecken. Als ich durch die Dünen streifte, lag sie plötzlich vor mir. Nackt wie Gott sie geschaffen hatte! Erschrocken und verlegen stammelte ich Entschuldigung und suchte das Weite. Nacktheit war damals in der Öffentlichkeit tabu. Hatte sie mich überhaupt gesehen? Jedenfalls liess sie sich nichts anmerken. Bei ihrer Abreise übergab sie mir ein Buch mit ihrer Adresse in Mainz. Ich möge es bitte zurücksenden oder zurückbringen, falls ich einmal in die Gegend kommen sollte.

Ernest, le Commissaire de Police

Von der Weiterreise nach Paris über Toulouse und Limoges kann ich nichts Besonderes berichten. Die Kirschbäume stehen auch bei uns bevorzugt im Blickfeld der Bauernhäuser. Die Kirchen, die ich der grossen Hitze wegen oft besucht habe, sind überall kühl.

In Paris hatte man auf mich als ausländische Arbeitskraft nicht gewartet. Verlangt wurde eine Aufenthaltsbewilligung.

Eine solche gab es aber nur beim Vorliegen einer Arbeitsbe-willigung. Diese wiederum war von einer Arbeitszusage ab-hängig. Nach langem tat sich eine Türe auf. Der Personal-chef der Société des Téléphones Ericsson wusste von einem Stagiaire-Abkommen zwischen der Schweiz und Frankreich. Dieses ermöglichte einem Kontingent junger Berufsleute, während einer begrenzten Zeit im Partnerland zu arbeiten. Ab September 1956 wurde mir für sechs Monate ein Platz zugeteilt. Ericsson war bereit, mich während dieser Zeit als Ajusteur-Outilleur zu beschäftigen. Wer weiss, was ein Ajusteur-Outilleur so tut? Ich wusste es auch nicht. Ich war froh, eine Arbeit gefunden zu haben und unterschrieb den Arbeitsvertrag.

Es war Anfang Juni und meine Brusttasche sehr dünn geworden. Ob ich wollte oder nicht, musste ich in die Schweiz zurückkehren, um Geld zu verdienen. Ich bin nicht nur ein korrekter Bürger, sondern auch gut erzogen und weiss, dass man ausgeliehene Bücher zurückgibt. Also nahm ich den Umweg über Mainz in Kauf.

Wer kennt sie nicht, die von der Polizei benützten «Citroën Traction Avant» in den Gangsterfilmen? Die mit dem grossen Kühlergrill und Citroën-Emblem? Genau ein solcher hielt an. Und wisst ihr was? Der Fahrer war ein Commissaire de Police. Auch er war unterwegs, um seine Familie zu besuchen. Im Landhaus bei Epernay in der Champagne. Im Handschuh-fach befand sich seine Dienstpistole, die ich näher betrachten durfte. Offenbar befand ich mich noch in der spätpubertären Entwicklungsphase, sonst hätte ich nicht so getan, als schösse ich durch das geöffnete Seitenfenster in die Luft. Monsieur le Commissaire de Police griff nicht ein. Im Gegenteil, es amü-sierte ihn! Im Landhaus durfte ich zusammen mit der Familie zu Mittag essen. Nachmittags begleitete ich Ernest, wir waren inzwischen beim Du, beim Weinkauf. Im Keller eines Win-zers zog sich die Degustation der verschiedenen Champag-ner-Jahrgänge in die Länge.

Mein nächster Fahrer und sein Auto waren filmreif. Es war ein Winzer, den Kopf bedeckte eine Baskenmütze, dem für amüsante Szenen zuständigen französischen Filmschauspieler Bourvil sah er zum Verwechseln ähnlich. Das Auto war ein Uraltmodell. Die Karosserie rechteckig, ohne Verdeck. Die Strasse führte durch die Weinberge, geradeaus über die Hügel. Die sich in kurzen Abständen folgenden Anstiege waren recht steil. Immer wenn es bergauf ging, verlor der laute Motor derart an Touren, dass er abzusterben drohte. Ging es nach den im Schneckentempo erreichten Kuppen wieder bergab, drohte der Motor zu überdrehen. Bei jedem Hügel quittierte ich die Szene mit einem Kichern. Der Fahrer wurde immer einsilbiger und hielt unvermittelt an. Entschieden bedeutete er mir, sein Gefährt zu verlassen.

Ich schlug mein Zelt auf und besorgte, in Erwartung meiner Aufwartung in Mainz, beim nahen Brunnen die grosse Wäsche. Heute frage ich mich, wie sich meine Hose und zwei Hemden nach solchem Tun jeweils präsentierten. Ein Bügeleisen besass ich nicht, pflegeleichte Stoffe waren damals noch nicht bekannt.

Anderntags, als ich mir in einem Bistro ein letztes Glas Champagner genehmigte, erschrak ich. An der Theke am Glas nippend, stellte ich fest, dass ich keine französischen Francs mehr besass. Die letzten hatte ich in Bohnenkaffee investiert. Nach der Grenze verkauft, sollte der erhoffte fette Gewinn meinen Aufenthalt in Deutschland finanzieren.

An den Wänden des Restaurants hingen Fotos damaliger Rennradstars, wie der Franzosen Louison Bobet und Jean Robic. Ferdi Kübler und Hugo Koblet fehlten auch nicht. Ich brachte das Gespräch auf den Radsport und lobte dem Wirt gegenüber die Leistungen seiner Landsleute. Die Rechnung ging auf, mein Zahlungsversuch wurde mit einer Handbewegung abgetan.

Kaiserslautern war meine erste Station in Deutschland. Die Stadt ist mir nicht nur wegen Fritz Walter, dem begnadeten

Fussballspieler, in bester Erinnerung. Dort konnte ich den Kaffee noch besser verkaufen als erhofft.

Das schmiedeeiserne Tor an der Adresse meiner «Buchfreundin» war sehr gross. Die Villa versteckte sich hinter grossen Bäumen. Bis ich mich traute, auf die Klingel zu drücken, musste ich mehrmals Anlauf nehmen. Empfangen wurde ich von einer Angestellten, die mir nach Rückfrage beschied: «Fräulein Christa ist im Moment unabkömmlich. Sie würde sich freuen, sie morgen Sonntag um neun Uhr zum gemeinsamen Frühstück begrüssen zu dürfen». Hoppla. In einem Kaufhaus erwarb ich eine silberfarbige Krawatte. Die einzig erschwingliche, die meiner Meinung nach einigermassen zum dunklen guten Hemd passte. Derart ausstaffiert marschierte ich vor. In einem Salon stand ein grosser ovaler Tisch. Nach und nach trafen etwa ein Dutzend jüngere Leute ein. Sonntäglich gekleidet. Die Herren trugen zu meinem Erstaunen keine Krawatte. Meine liess ich diskret verschwinden. Christa begrüsste mich freundlich, bedankte sich für die Rückgabe des Buches und bat mich, am Tisch Platz zu nehmen. Der alte Mann war nicht mit von der Partie. Aus einem Lautsprecher erscholl klassische Musik. «Eine kleine Nachtmusik» war es nicht, die hätte sogar ich erkannt. Die Tafelrunde begann, zur Melodie summend den Takt zu geben. Die Messer ersetzten den Taktstock. Anders als in der Champagne gelang es mir diesmal, meine Erheiterung für mich zu behalten. Der Musik und vielleicht auch meines Outfits wegen kam ich mit niemandem richtig ins Gespräch. Deshalb weiss ich bis heute nicht, in welch erlauchter Gesellschaft ich mich damals befunden habe. Bei erster Gelegenheit verabschiedete ich mich von Christa und verzog mich «auf französisch».

In Mainz hielt mich nichts mehr. Den Dom hatte ich schon gesehen. Kaum reckte ich den Daumen, eine Handlung, die ich inzwischen meisterlich beherrschte, hielt ein grosser Amerikanerwagen mit Autonummern aus Basel an. Der Rucksack wurde im Kofferraum verstaut, flott fuhren wir der Schweiz entgegen. Plötzlich dröhnte der Motor. Wir hatten den Auspuff verloren! Ein Stück Draht liess erkennen, dass dies nicht das erste Mal passiert war. Der Fahrer machte keine Anstalten den Schaden zu beheben. Es war an mir, unter das Auto zu kriechen. Bis Basel wiederholte sich dieses Prozedere noch zwei- oder dreimal. Wer denkt, der Fahrer habe mich nicht ganz uneigennützig mitgenommen, liegt wohl nicht falsch.

Zu Hause schloss mich Mutter in die Arme. Sie hatte den verloren geglaubten Sohn wiedergewonnen. Die Hasler AG stellte mich bis Ende August ein. Erneut konnte ich in der Versuchsabteilung arbeiten.

Paris, Quartier Latin

Ende August war ich wieder in Paris. Während meiner Arbeitssuche hatte ich die Stadt kaum kennen gelernt. Ich war sozusagen noch ein Greenhorn. Nach meiner Ankunft mit dem Zug benützte ich die Métro. Mit zwei Koffern und einem um die Schulter gehängten Sportsack wartete ich auf dem Bahnsteig auf den nächsten Zug. Ein Passant stiess an den Sportsack. Der Tragriemen riss. Deshalb konnte ich nicht alle Gepäckstücke auf einmal in die Métro nehmen. So deponierte ich einen Koffer im Zug und schickte mich an, den zweiten und den Sportsack zu holen. Doch schon begann sich die Türe zu schliessen. Zum Glück hielt ein Passagier einen Schuh dazwischen. Ich wusste noch nicht, dass man in der Métro nur mit kleinem Gepäck reist. Deshalb die erstaunten und teils belustigten Blicke der anderen Passagiere!

Bis ich eine feste Bleibe gefunden hatte, galt es, ein erschwingliches Hotelzimmer zu finden. Ein Arbeitskollege hatte mir empfohlen, es in der Rue St. Denis an der Rive Droite zu versuchen. Dort gebe es mehr als genug günstige Hotels. Tatsächlich, ein Hotel reihte sich ans andere. An diesem frühen Vormittag war die Strasse kaum belebt. Zu meinem Erstaunen waren alle Hotels besetzt. Endlich merkte ich, dass es sich um Stundenhotels handelte, um Absteigen für Dirnen! Die «Hoteliers» und Passanten müssen sich köstlich amüsiert haben. Mein Einzug in Paris hätte Bourvil gut angestanden.

Was aber hatte ich am rechten Ufer der Seine, an der Rive Droite, eigentlich zu suchen? Bei der Bourgeoisie? An der Rive Gauche, im Quartier Latin, spielte das wahre Leben, bei den Studenten und Bohémiens. An der Sorbonne waren noch Semesterferien. Vorübergehend konnte ich das Zimmer eines abwesenden Studenten benutzen. Damit dieser die Doppelvermietung nicht bemerkte, durfte ich seine persönlichen Sachen nicht berühren.

Meine romantisch gefärbten Vorstellungen vom Leben in Paris wurden bezüglich Unterkunft Realität. An der rue Gay Lussac Nr. 78 fand ich eine Mansarde mit einem Kaltwasseranschluss. Direkt beim Hauseingang wohnte, wie damals in den Miethäusern von Paris üblich, die Concièrge (Hausmeisterin). Neben der verglasten Türe befand sich ein Fenster. Ihrem Blick blieb nichts verborgen. Selbst zu vorgerückter Stunde bewegte sich der nachts zugezogene Vorhang. Napoleon soll, im Bestreben, sein Imperium im Griff zu halten, diese Institution als «Geheimdienst» eingeführt haben. Mangels eines Lifts setzte die über sechs Stockwerke führende enge Wendeltreppe eine gewisse Fitness voraus. Durch ein kleines Fenster öffnete sich der Blick über die benachbarten Dächer hinweg auf den obersten Teil der Kuppel des Pantheons.

Die Mansarde war spartanisch ausgestattet. Das kleine Bücherregal benützte ich als Ablage für das Küchengeschirr und den Benzinkocher. Die Matratze war mit Seegras gefüllt und hatte auf der unteren Seite ein Loch. Entsprechend oft musste ich zu Besen und Schaufel greifen, die in einem Besenschrank untergebracht waren. Den Benzinkocher brauchte ich auch für die Wäsche. In einer Seifenlauge kochte ich die Hemden. Damit ich sie bügeln konnte, kaufte ich Bügeleisen und Bügelbrett. Mutter hatte mir das Bügeln beigebracht. Ohne das Eisen zu bewegen zuerst den Kragen auf der Rückseite, dann die Vorderseite, Achselpartien und Manschetten mit der gleichen Technik und so weiter und so fort. Kochen hatte ich auf der Reise gelernt. Ein Teil Reis, zwei Teile Wasser, und schon war das Risotto fertig.

Le petit Suisse

Meine Überzeugung, in der Schweiz herrsche eine besonders übertriebene Bürokratie, bekam Risse. Nach den Anmeldeformalitäten auf der Schweizer Botschaft glaubte ich, das Gröbste hinter mir zu haben. Irrtum, es war erst die Vorspeise. Bei den Franzosen glichen die Anmeldeformalitäten einem Ausdauertest. Ich musste Auskunft geben und Formulare ausfüllen bei der Direction de la Police, dann beim Ministère du Travail und schliesslich bei der Sécurité sociale. Zudem musste ich zwölf Fotos im Passformat beibringen. Sie haben richtig gelesen: Zwölf. Sechs im Profil und sechs von vorne! Hätte ich nur meine französische Staatsbürgerschaft nicht aufgeben müssen.

Die Fabrik der Société des Téléphones Ericsson befand sich in Colombes, einem Vorort westlich von Paris. Mein Arbeitsweg dauerte eine gute Stunde. Mit der Métro bis zur Gare St. Lazare, dort auf die Vorortsbahn umsteigen. Am frühen Morgen war die Métro prallvoll. Auf den unausweichlichen Körperkontakt reagierte ich allergisch. Deshalb betrat ich den Wagen erst im letzten Moment und hielt mich mit den Händen oben am Türrahmen fest. Begann sich die Türe hinter mir zu schliessen, nahm ich die Arme blitzschnell herunter. So stand ich mit dem Rücken zur Türe und hatte wenigstens von hinten keinen Kontakt zu befürchten. Wenn jemand sprach, was selten geschah, wurde die Person «durch Blicke getötet». Keine Spur des vielzitierten Charmes der Pariser.

Es zeigte sich, dass ich als Ajusteur-Outilleur zum Werkzeugmacher geworden war, damals in der Schweiz ein eigenständiger Beruf. Mit einer Handvoll Kollegen musste ich Stanzwerkzeuge herstellen. Es handelte sich dabei um komplexe Konstruktionen, die ein sehr präzises Arbeiten erforderten. Als Feinmechaniker war ich genaues Arbeiten gewohnt. Mehr Mühe bereitete mir anfänglich das Lesen der Konstruktionszeichnungen. In der Schweiz hatte ich selbst für einfachste Teile separate Zeichnungen erhalten. Nun hatte ich einen Wirrwarr von Strichen und Zahlen vor mir, einem Kleider-Schnittmuster vergleichbar. Alle für die Konstruktion notwendigen Teile waren mit verschiedenen Strichen auf ein und dasselbe Blatt gezeichnet.

Für das Herstellen der Stanzwerkzeuge waren Zeiten vorgegeben. Wurden diese unterschritten, erhielten die Kollegen einen Bonus. Als Stagiaire war ich dieser Regel nicht unterstellt. Deshalb wurden mir vom Chef Arbeiten zugeteilt, die keinen Bonus versprachen. War einem Kollegen eine Arbeit missraten, oblag es mir zu retten, was noch zu retten war. Das Arbeitsklima war entspannt und kameradschaftlich. Mehr oder weniger versteckt wurde gegen Mittag ein Apéritif genehmigt. Am Nachmittag machte eine Flasche Wein die Runde. Meine Französischkenntnisse traten zu Tage, die Kollegen staunten. Ich war le petit Suisse, der kleine Schweizer. Namensgeber war ein beliebter Frischkäse, der mittlerweile auch ausserhalb Frankreichs gekauft werden kann.

Bereits am ersten Arbeitstag wurde ich gebeten, wie alle Arbeiter der Gewerkschaft CGT (Confédération Générale du Travail) beizutreten. Um ein gutes Klima bemüht, unterschrieb ich ohne zu wissen, dass die CGT der Kommunistischen Partei sehr nahe stand. Recht häufig fanden zwischen einer Arbeiterdelegation und der Geschäftsleitung Besprechungen statt. Dabei ging es um praktische Anliegen. Etwa um ein neues Lavabo. Verliefen die Gespräche erfolglos, hiess es: «Grève»! (Streik). Daraufhin sassen alle während einer halben Stunde untätig auf ihren Werkbänken. Ich streikte wacker mit. Das war Action. So etwas konnte ich in der Schweiz nicht erleben.

Im November 1956 wurde von der CGT-Zentralleitung ein ganztägiger Streik ausgerufen. Gleichzeitig fanden Demonstrationen statt. Grund war der Volksaufstand in Ungarn. Gestreikt und demonstriert wurde zugunsten der Sowjetunion, deren Armee in Ungarn einmarschiert war! Es wurden Handzettel verteilt mit der Aufschrift: «Le fascisme ne passera pas»! (Der Faschismus wird sich nicht durchsetzen). Es war eine für mich unerträgliche Situation. Zu Hause hörte ich stundenlang Radio. Aus Wut über die Russen und voller Sympathie für das ungarische Volk mit Tränen in den Augen. Ich wurde zum Streikbrecher. Feige schob ich die Schweizerische Neutralität vor. Die Streikposten liessen mich passieren. Die Werkhalle hatte ich für mich allein. Am nächsten Tag gab es von den Kollegen keine negativen Reaktionen. Die waren nach meinem Dafürhalten ohnehin in erster Linie Franzosen und erst dann, wenn überhaupt, Kommunisten.

Das Mittagessen wurde in der Kantine eingenommen. Diese war, wie die Garderoben und Toiletten auch, sehr bescheiden eingerichtet und düster. In der Küche lag auf dem Boden Sägemehl zum Auffangen von Ölspritzern. Das Essen wurde in zerbeulten Blechschüsseln auf die Tische gebracht. Immerhin konnten wir aus richtigen Tellern essen. Den im Sportsack mitgebrachten Topf des Benzinkochers füllte ich mit Speiseresten und wärmte sie am Abend zu Hause auf. So musste ich mich nur an den Wochenenden meinen Reismenüs widmen.

Niedrige Instinkte

Um Französisch zu lernen, las ich Zeitungen. Am Anfang verstand ich kaum die Überschriften. Doch ich machte Fortschritte, stöberte bald in Buchhandlungen und wagte mich an Bücher, bis hin zu «Les mains sales» (Die schmutzigen Hände) von Jean Paul Sartre.

Viele Stunden verbrachte ich im Jardin du Luxembourg. Manchmal auch an der Seine, beim Point du Vert Galant. Ich las oder beobachtete die Leute. Das Café de la Sorbonne am Boulevard Saint-Michel (Boul'Mich) war mein Stammlokal. Stundenlang konnte ich dort bei einer Tasse Kaffee ungestört lesen. Im Winter schützte ein Wintergarten die auf dem breiten Trottoir (Gehsteig) stehenden Tische und Stühle. Mein Stammplatz befand sich direkt vor dem Musikautomaten, einem Wurlitzer. Dieser finanzierte meinen Kaffee. Manchmal spielte er nämlich nicht nur die gewünschten Platten, sondern spuckte die eingeworfenen Geldstücke gleich wieder aus. Diskret, einen Arm hinter dem Rücken, konnte ich diese unbemerkt behändigen!

Die Place Pigalle überliess ich gerne den Touristen. Ebenso die Nachtlokale wie Moulin Rouge, Folies Bergères und Lido. Auch den Eiffelturm besuchte ich nie. Das war nicht mein Paris.

Im «Caveau de la Huchette», einem Jazzkeller nahe der Seine, war ich oft anzutreffen. Im «Olympia», einer Music-Hall, verpasste ich keinen Künstler. Maurice Chevalier, Edith Piaf, Gilbert Bécaud, Harry Belafonte, Bill Haley… Alles was Rang und Namen hatte, konnte ich dort erleben.

In meinem Quartier gab es eine kleine Studenten-Disco. Fragte mich jemand nach meinem Studium, wurde ich zum Hochstapler. Nannte ich Ajusteur-Outilleur, löste dies bei der künftigen weiblichen Elite eine gewisse Irritation aus. Beförderte ich mich hingegen zu einem Etudiant de l'Enseignement (Lehrerstudent), tat dies der harmonischen Stimmung keinen Abbruch. Wir waren ein nach Herkunft und Hautfarbe bunt gemischtes Völklein. Eine der besten und hübschesten Tänzerinnen, Magdalena de Aragon, war eine Spanierin. Offenbar aus bestem Haus, denn sie wurde jeweils vom Chauffeur abgeholt

Im Parc des Princes fanden Radrennen statt. Unvergessen sind die Steherrennen zwischen dem Spanier Guillermo Timoner und Walter Bucher aus Zürich. Die Sprinter Oscar Plattner und Reginald Harris lieferten sich packende Duelle. Im Bestreben, einander die ungünstige Führungsposition aufzuzwingen, versuchten sie zum Ergötzen des Publikums während Minuten mit dem Rad stillzustehen. Und dies vorzugsweise zuoberst in den Steilwandkurven. Ich drückte die Daumen für «Ösku», den Berner.

Beim Besuch von Pferderennen in Auteuil und Longchamp bewegte ich mich in gehobenen Kreisen. Den Gegenpol bildete der Besuch eines Catch as catch can-Matches. Da war nichts von edlen Pferden, farbig gekleideten Jockeys und eleganten Damen. Dichte Rauchschwaden lagen in der Luft. Den in der Mitte des Saales stehenden Ring sah man kaum. Wein- und Bierflaschen machten die Runde. Die Zuschauer begleiteten die Kämpfe so lautstark, dass man das eigene Wort nicht mehr verstand. Einem der Kämpfer oblag die Aufgabe, «den Bösen» zu spielen. Übertrieb er seinen Part, schrien sie dem Anderen zu «tue-le», töte ihn. Meine niederen Instinkte feierten Urständ.

Ein Kuss mit Folgen

Alles hat ein Ende. Nach dem Stage in Paris verdiente ich mein Geld wieder in Bern, bei der Hasler AG. Erneut in der Versuchsabteilung. Es war, als hätte man den Platz für mich freigehalten. Nach einem Jahr Abwesenheit war ich keinen Schritt weiter gekommen. Ich hatte einen Beruf, der mir nicht gefiel, und zu Hause Zbinden. «Jetzt fängt das Gejammer wieder an», sagte Mutter. Etwas musste geschehen. IBM suchte in Bern für ihre ersten Computer einen Servicefachmann. Elektrokenntnisse waren erwünscht. «Das Elektrische» hatte mich nie interessiert. Also kaufte ich ein Büchlein mit dem Titel «Elektrokenntnisse für Anfänger» und bewarb mich. Ich bemühte mich, den Inhalt zu verstehen, die Formeln des Ohmschen Gesetzes lernte ich auswendig. Zwei Herren testeten mich. Ihre Fragen drehten sich um eine Brunnen-röhre, Wassermengen und so weiter. Ich konnte ihnen nicht folgen. Nach wenigen Minuten befand ich mich wieder im Treppenhaus, mit einem vor Scham roten Kopf. Zur Ruhe gekommen stellte ich fest, dass ich die Fragen mit Hilfe der Formeln ohne weiteres hätte beantworten können. Sie hatten mich kalt erwischt. Auswendig lernen nützt eben nichts, wenn man die Zusammenhänge nicht versteht.

Die Stadtpolizei Bern suchte Rekruten, die SBB (Schwei-zerische Bundesbahn) Lokomotivführer-Aspiranten. Ich meldete mich bei beiden an. Die Prüfungen fanden innerhalb von zwei Wochen statt. Dank meinem Aufenthalt in Frank-reich bestand ich auch die mündlichen Prüfungen in Franzö-sisch. Bei der Polizei musste ich nebst meiner Fitness auch staatskundliche Kenntnisse unter Beweis stellen. Bei den SBB wurde ich nach den mir bekannten Lokomotivtypen gefragt. Da mich das Eisenbahnwesen nie interessiert hatte, konnte ich nur die von den SBB damals hauptsächlich ver-wendete Re 4/4 nennen. Hingegen warf mich das Ohmsche Gesetz nicht mehr aus dem Gleis.

Von der Polizei erhielt ich sofort einen positiven Bescheid. Ich musste innert zehn Tagen bestätigen, dass ich am 3. März 1958 die einjährige Polizeirekrutenschule antreten werde. Weil ich von der SBB bis dahin noch nichts gehört hatte, unterschrieb ich. Erst einige Wochen später teilte mir die SBB mit, meine Arbeit als Aspirant beginne am 5. August in Lau-sanne, im Depot Nummer zwei. Zu spät. Enttäuscht darüber war ich nicht.

Dass ich bei der Polizei angeheuert hatte, liess mich eben-falls nicht in Freude ausbrechen. Im Gegenteil. Ich hatte das Gefühl, mein Leben sei nun vorbei, und fuhr deshalb im Dezember erneut nach Paris. Dort blieb ich bis zum Beginn der Polizeischule. Zur Verfügung standen mir fünfhundert Schweizerfranken. Zur Sicherheit kaufte ich ein Rückfahrbillett. Die Polizei liess schon damals nicht mit sich spassen. Ein zu spätes Antreten wäre schlecht angekommen.

Hinter dem Panthéon, am Place de la Contrescarpe, fand ich in einem baufälligen Haus ein sehr einfaches, billiges Hotel namens «Beauséjour». Eine alte, verwirrte Frau führte die Aufsicht. Traf sie mich an, fragte sie mich immer wieder: «Wer seid ihr, was macht ihr hier?». Die Miete musste ich ihrem Sohn bezahlen, wöchentlich und zum Voraus. Beim Zimmer handelte es sich um die ehemalige Waschküche mit einem grossen Ablauf mitten im Raum. Die Fliesen waren rot angestrichen, die Wände hellblau und wegen der Feuchtigkeit bis auf Augenhöhe fleckig und ausgeblüht. Das Mobiliar bestand aus einem Schrank, Tisch und Stuhl. Das auf Höhe des Trottoirs liegende Fenster war vergittert. Auf den über den Platz verteilten Entlüftungsschächten der Métro verbrachten mehr als ein Dutzend Clochards die Nächte.

Das nicht zum Verweilen einladende Zimmer trieb mich schon tagsüber in Bistros und Cafés. Der Wurlitzer im Café de la Sorbonne war inzwischen repariert worden. Mein Finanzplan war zu Makulatur geworden. Abends auf den Ausgang zu verzichten, kam nicht in Frage. Dafür war ich nicht nach Paris gereist. Ich war gezwungen, den Menüplan der Realität anzupassen. In Hotels war der Gebrauch eines Benzinkochers verboten. Ich ass täglich Baguettes (Weissbrot). Zum Hinunterspülen trank ich Rotwein. Dies war vielleicht nicht ausgewogen, aber billig. Über gelegentlich aufkommende Kopfschmerzen half Aspirin hinweg.

Während einigen Tagen hatte ich eine starke Grippe. Wegen des hohen Fiebers sah ich auf den ausgeblühten Stellen der Wände Würmchen kriechen. Die alte Frau anerbot sich, in der Apotheke gegenüber Medikamente zu kaufen und auch ein Baguette mitzubringen. Leider vergass sie dies gleich wieder. Das Fieber sank trotzdem, zurück blieb ein starker Husten.

Ein gegen den Husten in der Apotheke gekauftes Medikament war keine Tablette, sondern ein kleines längliches Ding, wie ich bis dahin noch keines gesehen hatte. Hielt ich es zwischen den Fingerspitzen, wurde es schmierig. Was sollte ich damit? Das wiederholte Lesen des Beipackzettels brachte mich auch nicht weiter. Beim Versuch, das Ding in Wasser aufzulösen, bildete sich auf der Wasseroberfläche ein öliger Flecken. Es zu schlucken löste Brechreiz aus. Ich liess es sein und wurde trotzdem gesund. Beim Betrachten der schadhaften Wände überkam mich Ekel. Ich tapezierte sie mit Zeitungspapier.

Erstaunt stellte ich fest, dass der Heiligabend, le réveillon de Noël, in zahlreichen Restaurants mit einem Festessen, roten Pappnasen, Cottillons und Wunderkerzen begangen wurde. Anders an Silvester. Wenig deutete auf den Jahreswechsel hin. In der Annahme, um Mitternacht finde ein Feuerwerk statt, stieg ich zur Sacré Coeur hinauf, der grossen Kirche auf dem Montmartre. Nichts geschah, alles blieb ruhig. Ich kann mich nicht einmal an ein Glockengeläut erinnern.

Meinem Status als Etudiant de l'Enseignement verpflichtet, oblag ich auch Studien. An der Sorbonne belegte ich eine allgemein zugängliche Vorlesung über les cultures françaises, französische Kulturen. Die Geschichten über die Jungfrau von Orléans, die Revolution, Napoleon, den Komponisten Claude Debussy und so weiter erweiterten meinen Horizont und erfüllten die frankophone Hälfte meines Ichs mit Stolz.

Magdalena de Aragon liess sich in der Disco nicht mehr blicken. Bevor ich mich meiner aufkommenden Traurigkeit richtig zuwenden konnte, trat Amalia, eine Brasilianerin aus Sao Paulo, aufs Parkett. Mit ihr kam ich überein, unseren Tanzkünsten im «Alhambra» den letzten Schliff zu verleihen. An Wochenenden spielten dort in mehreren Sälen Spitzenorchester zum Tanz auf. Für südamerikanische Tänze war das mir von Schallplatten her bekannte Orchester von Xavier Cugat zuständig. Ein Musette-Orchester hielt die Walzerfreunde bei Laune. Eine Big-Band sorgte für Swing und

Boogie Woogie-Klänge. Der absolute Höhepunkt für mich war, zu «Petite Fleur» zu tanzen, gespielt von Sidney Bechet und seiner Jazzband. Doch meine Glückseligkeit fand ein abruptes Ende. Unbeherrscht hatte ich meinen Gefühlen freien Lauf gelassen und Amalia auf die Wange geküsst. Mit erstarrter Miene verlangte sie nach einem Taxi und entfuhr aus meinem Leben. Ich vernahm, dass in ihren Kreisen ein Kuss, auch nur auf die Wange, einer Verlobung gleichkam. Wenn schon keinen Koffer in Berlin, so habe ich doch noch eine Verlobte in Sao Paulo.

Über dem Abgrund

Die Polizeischule dauerte ein Jahr. Untergebracht waren die insgesamt 30 Rekruten in der Polizeikaserne Bern. Zu viert belegten wir ein Zimmer. Während der ersten sechs Monate galt diese Regelung auch für verheiratete Polizeianwärter. Die Wochenenden konnten wir zu Hause verbringen. Der Lohn entsprach dem eines jungen Arbeiters mit abgeschlossener Lehre. Im Sommer hatten wir, wie damals üblich, zwei Wochen Ferien.

Die Polizeischule gefiel mir. Die Tage waren ausgefüllt. Tagesbefehle ordneten den Ablauf. Manchmal begannen die Tage mit einem Dauerlauf. Andauernd starke Wadenschmerzen führten mich zum Amtsarzt, der mir einen Laufdispens ausstellte. Einmal pro Woche hatten wir im Hallenbad zu früher Stunde Schwimmunterricht. Ziel war das Rettungsschwimmer-Brevet. Crawlschwimmen lernten wir leider nicht. Turnstunden standen natürlich auch auf dem Programm.

Polizisten leiteten die Sportstunden. Der Kommandant, Kommissare und sogar ein Richter waren unsere Ausbildner. Geschult wurden wir vor allem in Straf- und Verfahrensrecht, Reglements- und Gesetzeskunde, zudem in Deutsch und im

Erstellen von Rapporten. Lehrer der kaufmännischen Berufsschule unterrichteten uns in Französisch und im Schreibmaschinenschreiben. Das Verhältnis zu den Offizieren war förmlich und distanziert, wie im Militärdienst. Unter den Rekruten ging es locker und freundschaftlich zu.

Verschiedene Besichtigungen und Kurse rundeten die Ausbildung ab. Im Institut für Rechtsmedizin konnten wir einer Autopsie beiwohnen und erhielten Einblick in die menschliche Anatomie. Der Professor stand im Ruf, besonders gegenüber angehenden Polizisten nicht zimperlich zu sein. In der Tat: Genüsslich liess er das sezierte Gehirn, eine Niere, ja sogar das Herz zirkulieren.

Während zwei Wochen brachten uns Militär-Instruktoren auf dem Waffenplatz Thun das Autofahren bei. Am Vormittag hatten je zwei Mann einen VW-Käfer für den Fahrunterricht zur Verfügung. Weil nur der erste Gang synchronisiert war, erforderte das Schalten mit Zwischengas viel Gefühl. Nachmittags wurden wir in die Geheimnisse der Motorentechnik, des Vergasers usw. eingeweiht. Zum Abschluss fand eine Technik-Prüfung statt, die es in sich hatte. In 48 Fragen wurde unser Wissen unter anderem über die verschiedenen Motorentechniken, die Funktion des Venturi-Rohrs und des McPherson-Federbeins geprüft. Selbst über die Dichte der Batteriesäure sollten wir Bescheid wissen. Rekruten ohne Führerausweis mussten die Fahrprüfung wie alle andern auch beim Strassenverkehrsamt ablegen.

Traditionell wurde die Polizeischule mit einer Skitourenwoche in der Lenk abgeschlossen. Unsere Unterkunft befand sich in Militärbaracken. Geleitet wurde die Tourenwoche vom Richter, der mit «Herr Präsident» angesprochen werden musste. Zwei Unteroffiziere aus dem Polizeicorps, gute Skifahrer, unterstützten ihn.

Ich wurde der ersten Stärkeklasse zugeteilt, die vom Richter geleitet wurde. Über sein hohes Aufstiegstempo und seine Anforderungen zirkulierten allerhand Geschichten. Wir kehrten den Spiess um und bestimmten bald das Tempo der Gruppe. Wir schauten darauf, dass er gerade noch folgen konnte. Dank dieser Taktik hatten wir unsere Ruhe.

In der Lenk gab es damals eine einzige Liftanlage, die wir aber nie benutzen durften: Den Bettelberg-Sessellift, der bis zur heutigen Mittelstation der Gondelbahn führte. Mitte Woche stand das gut 3200 Meter hohe Wildhorn auf dem Programm. Der Richter verzichtete auf den Beizug eines Bergführers. Dies hätte leicht schlimme Folgen haben können. Ein mit Felsbändern durchsetzter steiler Hang musste gequert werden. Das war aber nur an einer bestimmten Stelle möglich. Der Richter verfehlte diese Stelle, setzte die Querung aber trotzdem fort und stürzte. Er drehte sich um die eigene Achse und rutschte über den Rand eines Felsbandes hinaus. Zum Glück stand dort eine kleine Tanne, an deren Stamm er sich im letzten Moment noch festhalten konnte. Man sah nur noch seine Glatze und die den Stamm umschlingenden Hände. Ich stieg vorsichtig zu einer kleinen Baumgruppe auf und konnte mich so in Sicherheit bringen. Hinter mir ging Erwin. Auch er stürzte und rutschte ab. Glücklicherweise kam er vor dem Abgrund zum Stillstand. Dort wäre keine Tanne gestanden. An Seilen gesichert retteten uns die Kollegen aus unserer misslichen Lage. Zurück in der Lenk verabschiedete sich der Herr Präsident mit einem trockenen «Danke». Aus dem erhofften Freibier wurde nichts.

Dies konnte ich ohne Weiteres verkraften. Meine Sinne waren nicht dem Alkohol zugetan, vielmehr Rosa, in der Schweiz Rösly genannt. Während der Polizeischule begab ich mich oft zum Zeitungslesen ins nahe gelegene Tea Room Maxime. Dort servierte sie, die junge hübsche Dame mit den sorgsam hochgesteckten Haaren, der so genannten Farah Diba-Frisur. Herkommend aus Klagenfurt am Wörthersee, sozusagen die Rose vom Wörthersee. Schüchtern war ich immer noch, aber nicht mehr so ganz. Nach einem vierten Espresso hatte ich es gewagt, sie zum Schlittschuhlaufen einzuladen, worauf wir uns näher kennen lernten. Dass dies an einem Dreizehnten geschah, am 13. Januar 1959, tat – und tut es noch – unserem späteren Eheglück keinen Abbruch. Meine Handlungen sind bekanntlich nachhaltig und nicht oberflächlicher Natur.

Verbrannte Finger

Die zwei Wochen Sommerferien während der Polizeischule verbrachte ich mit vier Kollegen in Südfrankreich. Heinz und sein Sozius Edgar reisten mit einem schweren Motorrad Sunbeam 500 ccm, ich mit einer günstig erworbenen alten BMW 250 ccm. Willi und Hansruedi konnten die Reise mit einem VW-Käfer erst einen Tag später antreten. Als Treffpunkt hatten wir den Zeltplatz in Avignon vereinbart. Weil es für Motorräder keine verbilligten Ausland-Benzingutscheine gab, diente der VW als «Zisternenwagen». Der Schule sei Dank kannten wir das Prinzip der kommunizierenden Röhren. Mit einem Schlauch im Mund saugten wir das Benzin aus dem Tank des Autos an und liessen es dann in die Tanks der Motorräder fliessen. Seither weiss ich, wie gut Benzin schmeckt!
Die Wartezeit nützend besuchten wir den unweit liegenden Pont du Gard, den römischen Aquädukt. Ging's bergab, schalteten wir im Wissen um die knappen Benzinvorräte die Motoren aus. Vergeblich. Auf der Rückfahrt hustete mein Motor ein-, zweimal, um dann endgültig still zu stehen. Mit Hilfe eines improvisierten Abschleppseils zog mich Heinz zum Zeltplatz.
Vereint, mit gefüllten Tanks, besuchten wir Saintes-Maries-de-la-Mer. Unterwegs nahmen wir zwei Autostopperinnen mit. Zwei Studentinnen, die von Arles aus ohne grosses Gepäck schnell einmal zum Meer und gleich wieder zurück wollten. Sie liessen sich dazu überreden, den Abend mit uns zu verbringen. Die Nacht brach herein, die Weinflaschen waren leer. Was nun? Eine Jugendherberge gab es nicht. Weichherzig

überliess ich ihnen Zelt und Schlafsack, während ich im Sand eingebuddelt die Sterne bewunderte. Ich kam zur Erkenntnis, dass mein Wissen über die Welt der Sterne, die Astronomie, noch bescheidener war als ich glaute. Dass die Erde während der Nacht Wärme abstrahlt, wusste ich. Auf den Beweis dafür hätte ich allerdings verzichten können. Zitternd wie Espenlaub harrte ich dem Sonnenaufgang entgegen.

Auch auf dem Ritt mit gemieteten, scheinbar wilden Camargue-Pferden konnte ich mich nicht erwärmen. Die Pferde trotteten der Führerin stumpf hinterher. Sie waren keinen Zentimeter vom Trampelpfad abzubringen. Alle Versuche, sie in eine schnellere Gangart zu versetzen, schlugen fehl. Doch als die Führerin ihr Pferd in Trab setzte, übernahmen sofort alle diese Gangart. Zurück in den Schritt wiederholte sich das Gleiche.

Auf einem Zeltplatz bei St-Tropez besuchten wir einen unserer Wachtmeister, der dort Jahr für Jahr seine Ferien verbrachte und viel darüber erzählt hatte. Er war unter anderem auch für die Polizeiausrüstung zuständig. Plötzlich blieb sein Blick auf den Unterschenkeln von Heinz haften. Dieser trug die Uniformgamaschen, was in der Freizeit verboten war! Wohl dank der Ferienstimmung blieb diese Verfehlung ohne disziplinarische Folgen.

Einige Tage verbrachten wir auf dem Zeltplatz der Halbinsel Giens bei Hyères. Anzeichen von Hysterie kamen auf, als wir beim Schwimmen in einen Schwarm Feuerquallen (Medusen) gerieten. Mit roten, schmerzhaften Striemen am Körper entstiegen wir dem Wasser. War tags zuvor nicht von einer allergischen Reaktion mit Todesfolge zu lesen gewesen? Wurde nicht der sofortige Besuch eines Arztes, zumindest aber einer Apotheke empfohlen? Ohne Rücksicht auf Tempolimiten fuhren wir zur nächsten Apotheke. Dort wurden wir beruhigt und erhielten eine Salbe verabreicht. Mir schien, als hätten die Verkäuferinnen nur mit Mühe ein Lächeln unterdrücken können.

Ein Ausflug mit einem kleinen Kursschiff führte uns auf die Île du Levant. Dass sich dort ein grosses Centre Nudiste (FKK-Zentrum) befand, mag zur Wahl des Ausflugziels beigetragen haben. Damals konnten weibliche Wesen in der Öffentlichkeit nur züchtig verhüllt bewundert werden. Selbst auf den Titelseiten einschlägiger Zeitschriften waren kaum freizügige Decolletés zu sehen. Die Abbildung der Konturen eines Busens im Gegenlicht, zu sehen im schwedischen Film «Sie tanzte nur einen Sommer», führte hierzulande zu heftigen medialen Reaktionen.

Auf der Insel sahen wir uns von Frauen und Männern umgeben, die beim Landungssteg und im Restaurant minimal bedeckt, sonst aber völlig nackt waren. Auffallend war, dass junge Frauen dominierten. Solche mittleren Alters fehlten praktisch ganz, gelegentlich sah man eine alte Frau. Uns blieb nichts anderes übrig, als uns am Strand ebenfalls der Badehosen zu entledigen. Dort sassen wir am Rande einer kleinen Bucht wie eine Gruppe junger Seelöwenbullen, etwas abseits auf einem grossen Stein. Auf der anderen Seite sonnten sich die Nackedeis. Man hätte glauben können, wir wären allesamt «Glüsteler» (Spanner). Eine, wie mir schien, angehender Polizisten unwürdige Situation. Deshalb ergriff ich die Initiative. «Wer kommt mit auf die andere Seite, um sich dort niederzulassen? Am besten neben die auffallend hübsche junge Frau.» Keine Reaktion. Mit der Bemerkung «Ihr seid doch Feiglinge», durchschwamm ich die Bucht und legte mich gesenkten Blickes bäuchlings in den Sand. Nach einigen Minuten nahm ich allen Mut zusammen und drehte den Kopf in Richtung des hübschen Mädchens, blinzelte durch die Augen und sah direkt vor mir den runzligen Hintern einer alten Frau. Les nudistes hatten mich entlarvt! Wenigstens meine lieben Kollegen hätten sich das Lachen verkneifen können.

In Nizza veranlasste ich einen Polizisten, seine Trillerpfeife ertönen zu lassen. Den Tross anführend, hatte ich auf der Suche nach der Jugendherberge ein Rotlicht übersehen. Le feu rouge est un principe! «Das Rotlicht ist ein Prinzip», belehrte er mich. Mit erstaunter, fragender Miene gab ich vor, nichts zu verstehen, worauf ich weiterfahren durfte.

Nicht genug der Unbill. Auf der Rückreise verlor ich irgendwo im Hinterland den Auspuff meines Motorrades. Als erfahrener Auspuff-Monteur hätte ich wissen müssen, dass diese Dinger feurig heiss werden können!

Auf den Leim gekrochen

Nach Abschluss der Polizeischule wurden wir im Beisein bedeutender Bürger und Politiker, Honoratioren genannt, vereidigt. Journalisten berichteten darüber in die ganze Welt. Fotografen setzten uns ins beste Licht, was in unseren massgeschneiderten Uniformen nicht weiter schwierig war. Von nun an waren wir richtige Polizisten.

Auf der Hauptwache wurden wir verschiedenen Gruppen von je zwölf Mann zugeteilt. Dadurch ging der Kontakt zu einigen Kollegen weitgehend verloren. Tages- und Nachtdienste sowie Ruhetage wechselten sich in einem Sechstage-Turnus ab. Auf Monate, ja Jahre hinaus kannten wir unsere Einsatzpläne. Während jeweils zwei Stunden regelten wir den Verkehr oder patrouillierten zu Fuss, nachts in Begleitung eines älteren Polizisten, der bestimmte, wo es lang ging. Hielt man sich an dieses ungeschriebene Gesetz und marschierte auf der linken Seite, blieb die Harmonie ungestört. Wir mussten Präsenz zeigen und für Ruhe und Ordnung sorgen. Auch das Kontrollieren parkierter Autos gehörte dazu. Zwischen den Einsätzen waren wir in der Kaserne während zwei Stunden auf Pikett, schrieben Anzeigen und Rapporte. Ab zwanzig Uhr durften wir jassen. Als Anfänger im Jassen zahlte ich tüchtig Lehrgeld. In der Nacht war jeweils zusätzlich eine Autopatrouille unterwegs, in einer schwarzen Limousine, einem Opel Kapitän. Das Auto durfte nur von dafür ausgewählten Fahrern gelenkt werden. Leider gehörte ich nicht dazu, obwohl ich die Prüfung in Thun als Bester und mit der höchstmöglichen Punktezahl abgeschlossen hatte.

Das Regeln des Verkehrs war nur während des Berufsverkehrs fordernd. Sonst zog sich die Zeit schleppend dahin. Hatte ich Dienst beim Fussgängerstreifen zwischen dem «Loeb-Egge» (Ecke beim Berner Warenhaus Loeb) und der Insel mit den Tramhaltestellen, verging die Zeit schneller. Ich war hautnah bei den Leuten. Zudem, so schien mir, war ich gelegentlich das Ziel mehr oder weniger scheuer Blicke junger Damen. Leider beachtete mich die aus Funk und Fernsehen bekannte Schönheit mit den grossen türkisfarbenen Augen nicht, wenn sie in Begleitung ihres Freundes vorbei ging.

Aber einmal stieg mein Adrenalinspiegel auch beim Winken von der Kanzel auf dem Bubenbergplatz. Ein Lastwagen der nahe gelegenen Verbandsmolkerei verlor unmittelbar vor der Kanzel einige mit Nidle (Rahm) gefüllte Kannen. Der Rahm ergoss sich auf die Strasse. Die Fahrbahn wurde dadurch schmierig und sehr rutschig. Nur wenige der damals zahlreichen Rollerfahrer konnten einen Sturz vermeiden. Gab ich Halte- oder Warnzeichen, galt ihre Aufmerksamkeit mir, und sie stürzten erst recht. Es war zum Verzweifeln. Zum Glück verletzte sich niemand. Autos gerieten ins Schlingern, kamen aber nicht zu Schaden. In der Kanzel befand sich ein Telefon. Irgendwann fand ich Zeit, die Feuerwehr zu alarmieren. Die Fahrbahn trocknete ab. Als die Feuerwehr eintraf, hatte sich die Situation normalisiert.

Für die Fusspatrouillen wurden uns bestimmte Strassen zugeteilt. Am Tag zum Beispiel Neuengasse und Aarbergergasse. Während zwei Stunden ging's die Neuengasse hinauf, die Aarbergergasse hinab. Zur Abwechslung auch umgekehrt. Parkierte Autos kontrollierten wir mit Kreidestrichen auf den Pneus und der Strasse. Stimmten nach Ablauf der erlaubten Parkzeit die Striche noch überein, mussten die Autonummern aufgeschrieben werden. Auf einem hinter die Scheibenwischer geklemmten grünen Zettel wurden die Übeltäter aufgefordert, sich innert einer bestimmten Frist auf der Hauptwache zu melden. Das Ausstellen der Zettel erfüllte mich nicht mit Genugtuung. Es kam vor, dass ich eine zusätzliche Runde drehte, um den Sündern eine Chance zu geben. Parkuhren, sogenannte Gladiolen, waren noch selten anzutreffen. Immerhin entbanden sie uns davor, neben den Stahlkarossen in die Knie gehen zu müssen.

Auf der Hauptwache befand sich beim Haupteingang der Empfang. Dort Dienst zu tun war beliebt, besonders bei schlechtem Wetter. Wir mussten nicht nur Besucher empfangen und Auskunft geben, sondern auch die Personalien der Parksünder erheben. Eines Tages warteten etwa zehn Personen mit grünen Zetteln in der Hand auf die Befragung durch mich, als der Herr Kommandant des Weges kam. «Was ist, Herr Oberst? Bitte kommen Sie», flüsterte er einem der Wartenden zu und verschwand mit ihm in einem Büro. Wenig später steckte er mir den Zettel des Herrn Oberst diskret zu und verliess in dessen Begleitung das Gebäude. Der Zettel war durchgestrichen und mit «in Ordnung» versehen. Mir schien das ungerecht zu sei. Kurz entschlossen sammelte ich alle Zettel ein und beschied den verdutzten Leuten: «Es ist in Ordnung, Ihr könnt gehen».

Nachts, wenn wir zu zweit unterwegs waren, wurden uns Quartiere zugeteilt. Im Jahr 1798, als in Bern die Franzosen das Sagen hatten, war die Innenstadt in Quartiere aufgeteilt worden, die nach Farben benannt wurden. Dies hat noch heute seine Gültigkeit. Die Strassenschilder weisen die entsprechende Farbe auf. Das rote Quartier reicht von der Heiliggeistkirche bis zum Käfigturm. Das gelbe anschliessend bis zum Zeitglockenturm, das grüne bis zur Kreuzgasse und so weiter.

Es war an einem Samstagabend. Mit meinem Kollegen Kurt war ich im roten Quartier unterwegs. Zur Polizeistunde um halb ein Uhr standen wir Präsenz markierend an der Genfergasse. Dort befanden sich ein Nachtlokal und mehrere

Restaurants. Ein gut gekleideter, sympathisch wirkender Herr in einem gewissen Alter gesellte sich zu uns. Für die Abwechslung dankbar, liessen wir uns gerne in ein Gespräch verwickeln.

Der Wirt eines Restaurants gesellte sich dazu und lud uns zu einem privaten Schlummertrunk ein. Den Dienstschluss vor Augen, hatten wir nichts dagegen einzuwenden. Der sympathische Herr bot uns gleich das Du an. Er sei Gerhard, ein Bruder der damals sehr bekannten Kabarettistin und Schauspielerin Stephanie Glaser. Bei Dienstantritt am nächsten Mittag schaute uns vom Anschlagbrett in der Hauptwache auf Polizeifotos Gerhard entgegen! Gesucht wurde er als Heiratsschwindler, Hochstapler und Zechpreller. «Gibt sich gerne als Gerhard Glaser, Bruder der Stephanie Glaser, aus. Sachdienliche Mitteilungen sind an die Stadtpolizei Bern oder den nächsten Polizeiposten zu richten» hiess es. Kurt und ich schauten uns lange an. Kurt verzichtete darauf, sich gegenüber dem Postenchef zu offenbaren. Dem ungeschriebenen Gesetz folgend tat ich es ihm gleich. Wegen Gerhard wollte ich die Harmonie nicht gefährden.

Wieder war ich mit Kurt unterwegs, diesmal im gelben Quartier. Tiefe Nacht, Strassen und Plätze menschenleer. Was war das? «Horch, unten an der Kramgasse heult eine Alarmsirene!» Nach einer Sprinteinlage fanden wir die Türe eines Waffengeschäftes weit offen. Wie im Lehrbuch durchsuchten wir mit gezückten Pistolen in schummrigem Licht erfolglos das mit Korpussen bestückte Lokal. Mit quietschenden Bremsen hielt ein Auto. Ihm entstieg der Besitzer des Geschäftes, mit einer Flinte im Arm. Gleichzeitig tauchte aufgeregt ein Mann des Sicherheitsdienstes «Securitas» auf. Er hatte ungewollt den Alarm ausgelöst. Weil er die Sirene nicht abstellen konnte, suchte er verzweifelt nach Hilfe und vergass dabei, die Türe zu schliessen. Übrigens, Angst verspürte ich keine bei diesem Einsatz. Nicht, weil ich plötzlich mutiger geworden wäre, sondern ausgeschütteter Stresshormone wegen, wie mir erklärt wurde. Solche waren auch im Spiel, als ich während der Ausbildung auf der Bezirkswache Mattenhof mit Rolf zu vorgerückter Stunde auf einer Nachtpatrouille unterwegs war. In den Wohnungen waren die Lichter erloschen. Hinter einem Mehrfamilienhaus hörten wir ein verdächtiges Geräusch, als wäre ein Bohrer im Einsatz. Aha, ein Einbrecher! Lautlos schlichen wir uns durch den Garten an. Das Geräusch kam von einem etwas höher gelegenen Balkon. Rolf stieg auf meine Schultern, schaute und sah – einen Hamster, der dabei war, in einem Laufrad seinen Bewegungsdrang abzubauen!

Hin und wieder wurde ich der Autopatrouille zugeteilt. Ich hatte hinten Platz zu nehmen. Konkrete Aufträge erhielten wir per Funk, oder wir fuhren Patrouille durch die Strassen der Stadt. Interventionen wegen Nachtlärm, Familien- und Wirtshausstreitigkeiten dominierten.

An einen Einsatz kann ich mich noch gut erinnern. Der mir vom Loeb-Egge bekannte Freund der Frau mit den türkisfarbenen Augen hatte unter entsprechendem Lärm sein Wohnzimmer demoliert. Bei unserem Eintreffen sass er weinend auf dem Sofa. Seine Freundin hatte ihn wegen eines sehr prominenten Skistars verlassen! Wir verzichteten auf eine Anzeige wegen Störung der Nachtruhe und taten ihm unser Mitgefühl kund.

Knackige Waden

In der Freizeit unternahm ich mit meinen Kollegen Ski-, Berg- und Klettertouren. Zu den Ausgangsorten fuhren wir mit unseren Motorrädern. Die Skis und Stöcke banden wir seitlich fest. Auf der Fahrt nach Engelberg, dem Ausgangspunkt der Skitour auf den 3200 Meter hohen Titlis, versagte meine Hinterradbremse. Auf die Tour zu verzichten kam nicht in Frage. Ich wurde hinten und vorne abgeschirmt und von meinen Kollegen eskortiert. Der Titlis war damals ein beliebtes Ziel für eine Tages-Skitour. Die bis zum Trübsee führende Seilbahn kürzte den Aufstieg ab. Bei schönstem und mildem Frühlingswetter waren wir zeitig auf Trübsee zurück. Einige Fahrten auf dem Jochpass-Skilift rundeten das Happening ab. Wie bei Alpinisten damals üblich trug ich Knickerbocker-Hosen. Eine hinunter gerutschte Kniesocke brachte eine Gruppe Englisch sprechender Damen in hellste Aufregung. Kichernd, mit den Händen die entblösste Wade haltend, fotografierten sie sich gegenseitig. Offenbar kann nicht nur ein schöner Rücken entzücken…

Heute staune ich über meine damalige Unbekümmertheit als Tourenleiter. Wie ich mittlerweile weiss, werden solche bei Unglücksfällen von der Justiz nicht geschont. Vor allem, wenn sie Unterländer und keine Bergführer sind. Eine Tour mit zwei richtigen Bergsteigerkollegen sollte Folgen haben. Mit der Organisation oder Leitung hatte ich nichts zu tun. Als Schwächster des Teams war ich lediglich der dritte Mann. Auf dem Programm stand die Traversierung des Mont-Blanc-Massivs von der Aiguille du Midi aus. Knietiefer Schnee und der übermässig viel Zeit erfordernde, weit offene Bergschrund am Mont Maudit hatten zur Folge, dass wir bei Sonnenuntergang erst zum Refuge des Grands Mulets kamen, statt wie geplant nach Chamonix. Auf dem weiteren Abstieg hätten wir einen gefährlichen Gletscherbruch überwinden müssen. Nachts war dies nicht zu verantworten, so dass wir in der Hütte übernachten mussten. Meinen Dienst wie geplant am darauf folgenden Mittag anzutreten, war unmöglich. Als wir am nächsten Tag den Gletscher verlassen konnten, rannte ich zur Mittelstation der Seilbahn Aiguille du Midi. Ich wollte mein Nichterscheinen unbedingt noch vor Dienstbeginn telefonisch mitteilen.

Auf der Rückfahrt streikte mein Motorrad bereits vor der Schweizergrenze erneut. Ich konnte nur noch den ersten Gang benützen. Während Stunden hatte ich Zeit, darüber nachzudenken, ob die häufigen Defekte mit dem günstigen Kaufpreis in Verbindung stehen könnten.

«Pol. Junker, zum Herrn Kommandanten», beschied mir der Postenchef. Dort hörte ich von Pflichterfüllung und Zuverlässigkeit. Dass der verpasste Arbeitstag vom Ferienguthaben abgezogen wurde, war mir klar. Weniger, dass als Strafe gleich ein weiterer Tag gestrichen wurde. Dabei hatten wir pro Jahr ohnehin nur 14 Tage Ferien zu gut.

Mutprobe

Nachdem der Reiz des Neuen verflogen war, beschlich mich zunehmend ein Unbehagen. Erneut gefiel mir der Beruf nicht. Ich fühlte mich eingeengt, unfrei wie beim Militär. Das durfte doch nicht wahr sein! Was war mit mir eigentlich los? Der Beruf als Polizist war eine Lebensstelle mit Pensionsberechtigung. Kündigungen waren damals äusserst selten. Noch nach Jahren sprach man darüber: «Gestern sah ich Rudolf. Ja den, der vor fünf Jahren gekündigt hat. Er hat mir gar nicht gefallen»!
Würde ich überhaupt den Mut haben, mich anderswo um eine Stelle zu bewerben? Ich machte eine Probe aufs Exempel und meldete mich für den Posten eines Betriebsleiters bei einer Bergbahn. Fast hätte ich die Stelle erhalten. Dass der andere übrig gebliebene Bewerber vorgezogen wurde, konnte ich verschmerzen. Wesentlich war für mich, dass ich die Mutprobe bestanden hatte.
Einige Monate später suchte die Direktion Bern der Zürich-Versicherung per Inserat eine Telefonistin. In einer Fussnote war vermerkt, für die Schadenabteilung werde eine Nachwuchskraft mit einer abgeschlossenen Versicherungslehre gesucht. Das ist es! Das wäre etwas für mich, sagte meine innere Stimme. Von meiner Schwester Renée, die bei der Berner Versicherung eine Versicherungslehre gemacht hatte, hatte ich gehört, eine Tätigkeit in der Schadenabteilung sei sehr interessant. Ich hatte keine Versicherungslehre vorzu-

weisen, aber dank der Bewerbung bei der Bergbahn genügend Mut, mich telefonisch über meine Chancen zu erkundigen. Der Personalchef signalisierte Interesse. Wir trafen uns in einem Tea-Room. Von meiner Absicht, die Polizei zu verlassen, durfte vor Vertragsabschluss niemand etwas erfahren. Auf den 1. März 1961 wurde ich von der Versicherungsgesellschaft angestellt. Es wurde eine Probezeit von drei Monaten vereinbart. Bei der Polizei wirbelte meine Kündigung Staub auf. Ich musste mich beim Herrn Kommandanten erklären. Der Polizeidirektor und zugleich Stadtpräsident bestätigte meine Kündigung schriftlich: «Wir sind bereit, wenn auch ungern, Ihre Demission entgegenzunehmen».

So fand meine Zeit als Polizist nach zwei Jahren ein Ende.

Pschyrembel

Da war ich nun. In der Schadenabteilung der Zürich-Versicherung, Direktion Bern. In einem kleinen Büro an der Seite von zwei Sachbearbeitern und deren Sekretärinnen. Ich fühlte mich wie von Fesseln befreit. Anfänglich versah ich die Aufgaben eines Bürodieners. Dadurch konnte ich die administrativen Abläufe von Grund auf erlernen. Mit der Zeit wurde ich von Erwin, einem Sachbearbeiter, gründlich und geduldig in die Behandlung von Schadenfällen eingeführt, querbeet durch alle Versicherungsarten. Kurse in Versicherungs- und Haftpflichtrecht vermittelten mir zusätzliches Fachwissen.

Beeindruckt hat mich das mir entgegengebrachte Vertrauen. Es wurde erwartet, dass ich im Rahmen meiner Kompetenzen möglichst selbständig arbeite und Entscheidungen treffe. Zunehmend erhielt ich auch komplexere Fälle zugeteilt, die ein vertieftes Studium der Gesetze, der juristischen Kommentare und Gerichtspraxis erforderten. Anders als heute stand damals kein Internet zu Verfügung. Eine seriöse Abklärung und korrekte Erledigung wurden vorausgesetzt. In kurzen und dennoch umfassenden Berichten musste ich den Tatbestand, die Haftpflichtsituation sowie die geleistete Zahlung dokumentieren. Eine Entschädigung vorzuenthalten kam nicht in Frage. Drohte mir die Arbeit mangels Routine und Erfahrung über den Kopf zu wachsen, machte mir dies nichts aus. Vielmehr bedauerte ich, dass der Tag nicht achtundvierzig Stunden hatte. Das Arbeitsklima war gut. Nie wurde in meinem Umfeld über abwesende Kolleginnen und Kollegen ein schlechtes Wort verloren.

Nach gut zwei Jahren wurde überraschend die Stelle eines Schadeninspektors frei. Ohne Zögern war ich bereit, die Nachfolge anzutreten. Abklärungen, Besprechungen mit geschädigten Personen oder deren Anwälten, Rückfragen bei Ärzten und so weiter wechselten sich in bunter Folge ab. Eine sehr interessante, anspruchsvolle Tätigkeit.

Nach zehn Jahren wurde ein Ressortleiter pensioniert. Dessen Stelle wurde mir angeboten. So kehrte ich in den Innendienst zurück, nicht zuletzt, weil ich mich geistig ausgelaugt fühlte. Heute würde man wohl von einem drohenden Burnout sprechen.

In meiner neuen Tätigkeit hatte ich zur Hauptsache mit unfallbedingten Verletzungen und deren Folgen zu tun. Um die medizinischen Akten besser zu verstehen, besuchte ich im Berner Inselspital (Universitätsspital) Fortbildungsveranstaltungen der orthopädischen Klinik. Die Vorträge fanden am frühen Abend statt und standen unter der Leitung von Professor Dr. med. Maurice E. Müller, einem Pionier der damals noch jungen orthopädischen Chirurgie. Dieser hatte gegen die Anwesenheit «des Mannes von der Versicherung», wie er mich anzusprechen pflegte, nichts einzuwenden. Mir unbekannte medizinische Ausdrücke schrieb ich auf, um sie im Büro im «Pschyrembel» nachzuschlagen, dem medizinischen Wörterbuch. Nach und nach wurde mir die medizinische Terminologie geläufig. Bei Rückfragen konnte ich mich mit den Ärzten in ihrer Fachsprache unterhalten. Mehr als einmal wurde ich gefragt, ob ich nebst meiner Tätigkeit für die «Zürich» in einem Spital arbeite oder eine Praxis führe. Dass ich auch Oberärzte und deren Fachgebiete näher kennen gelernt hatte, erwies sich später ebenfalls als Vorteil, als diese in leitenden Positionen in bernischen Spitälern tätig waren.

Mein Interesse an der Medizin kam mir zugute, als 1984 die obligatorische Unfallversicherung (UVG) für alle Arbeitnehmer in Kraft trat. Wie andere Versicherungen entschloss sich auch die «Zürich» zum Betrieb dieses Versicherungszweiges. Ich leitete diesen Bereich in der Direktion Bern. Fragen an der Schnittstelle zwischen Medizin und Recht interessierten mich besonders. Galt es den Invaliditätsgrad festzulegen, die unfallbedingte wirtschaftliche Einbusse, half mir die frühere Tätigkeit als Schadeninspektor.

Um die Gleichbehandlung (unité de doctrine) aller verunfallten Arbeitnehmer sicherzustellen, wurden Seminare durchgeführt, die von Mitarbeiterinnen und Mitarbeitern der Versicherungsgesellschaften besucht wurden. Meine kritischen Fragen, Argumente und Vorschläge wurden ernst genommen. Mit der Zeit legte mir der Leiter des Schadendienstes Schweiz die vorgesehenen Weisungen vor der Veröffentlichung zur Begutachtung vor. Das erfüllte mich mit Genugtuung. Nach fünfunddreissig herausfordernden und befriedigenden Berufsjahren bei der «Zürich» ging ich in Pension.

Mein als junger Mann spontan gefasster Entschluss, eine neue Perspektive zu suchen, eine Reise ins Unbekannte anzutreten, hatte sich als richtig erwiesen. Dank meiner Aufenthalte in Paris war es mir damals gelungen, mein Stottern auch beim französisch Sprechen zu überwinden. Nur so hatte ich die Aufnahmeprüfung und Ausbildung bei der Polizei bestehen können. Und ohne die Tätigkeit bei der Polizei hätte ich die Stelle bei der «Zürich» nicht bekommen.

Wasserschatten

Wie ich meine Freizeit verbrachte? Ich habe von meiner Heirat mit Rosa geschrieben und von unseren Kindern André und Madeleine, die inzwischen selbst erwachsene Kinder haben.

Kam ich nach Feierabend müde und mit angespannten Nerven nach Hause, sorgte Rosa dafür, dass mich die Kinder mit ihrer Quengelei verschonten. An den Wochenenden aber war ich voll für die Familie da. Im Winter dominierte das Skifahren, im Sommer der Besuch von Badeanstalten. Im Frühling und Herbst waren wir fast bei jedem Wetter auf Wanderungen anzutreffen. Dazu musste ich auf der Karte ausgefallene Wege suchen. Wanderungen auf ausgeschilderten Wanderwegen fanden keine Zustimmung. Um die Kinder in abschüssigem Gelände sichern zu können, hatte ich jeweils ein kleines Bergseil dabei.

Weil Rosa ihres versteiften Fussgelenkes wegen nicht mehr Skifahren konnte, stieg sie auf Langlauf um, der in den siebziger Jahren immer populärer wurde. Als die Kinder am Skilift immer länger ungeduldig auf mich warten mussten, begleitete ich öfters Rosa und bekam zunehmend Freude an diesem Sport. Volkslangläufe wurden ausgeschrieben. Eines Tages waren wir mit von der Partie. Unsere sportliche «Karriere» war lanciert.

Langläuferischer Höhepunkt war die Teilnahme am Wasa-Lauf in Schweden. Zum Konditionsaufbau für die Langlaufsaison machten wir in der schneefreien Zeit Bergwanderungen und Lauftrainings. Strassen- und Bergläufe bis hin zu Marathons im In- und Ausland waren die Folge.

Zu Beginn der achtziger Jahre kam Triathlon auf. 1984 kaufte ich ein gebrauchtes Rennrad und bestritt noch im gleichen Sommer den Ironman-Triathlon in Zürich. Rosa interessierte sich ein Jahr später auch für Triathlon. Allerdings lehnte sie ein Rennrad mit einem «so komischen Lenker» ab. Wir schraubten an ihrem Alltagsvelo die Schutzbleche ab und montierten möglichst schmale Reifen. Bereits nach einem weiteren Jahr erreichte unsere Triathlon-Karriere ihren Zenit mit der Teilnahme am Ironman in Hawaii. Dies war nur möglich, weil für Europäer damals noch keine Qualifikation verlangt wurde.

Drei Monate vor dem Hawaii-Triathlon war Rosa ein Hund ins Fahrrad gerannt. Zum Glück hatte sie nur einen unkomplizierten Oberarmbruch erlitten. Trotzdem war sie beim Schwimmen noch erheblich behindert. Während des Schwimmwettkampfs war ich Rosas «Wasserschatten». Ich schwamm gerade so schnell, dass sie in meinem Sog schwammen und mir folgen konnte. So blieben wir knapp innerhalb der für das Schwimmen gesetzten Zeitlimite und konnten den Wettkampf als sogenannte Finisher beenden. Danach hatte Rosa genug von den kritischen Blicken und Fragen und gegen den Kauf eines Rennrades nichts mehr einzuwenden, komischer Lenker hin oder her.

Älter geworden, verzichteten wir zunehmend auf Wettkämpfe. Die Zeit der Rennrad-Reisen begann, zuerst organisiert und mit Gepäcktransport. Die erste Reise führte von Zürich über das Stilfserjoch und mehrere Dolomitenpässe nach Venedig. Es folgten Mexico und Colorado in den Rocky Mountains. Auf den Geschmack gekommen, organisierte ich selber Radreisen, die wir jeweils mit Freunden unternahmen. In Amerika durfte ich mehrmals auf die Hilfe von Markus zählen, einem in Boulder, Colorado, lebenden Amerikaschweizer. In Vietnam, Laos und Thailand war Fred, Bademeister im Muribad bei Bern, dank seinen Kenntnissen und Beziehungen federführend.

Eine Besteigung des Kilimandscharos durfte nicht fehlen. Während Rosa diesen Beg mit Leichtigkeit erklomm, taumelte ich höhenkrank dem Kraterrand entgegen.

Als Rentner rief ich eine Rennvelogruppe ins Leben. Das Programm besteht aus wöchentlich durchgeführten, halbtägigen Ausfahrten mit obligatem Kaffeehalt. Bei Aufenthalten in den

Alpen und Pyrenäen lernten wir nicht nur uns, sondern auch die dortigen Steigungen näher kennen.

Im Herbst 2013 schenkte ich Rosa zu ihrem runden Geburtstag mit einer grossen, fetten Acht eine Reise neuer Art. Zu Hause bestiegen wir unsere Tourenräder mit Gepäck, fuhren zum Flugplatz Bern-Belp und flogen von dort nach Berlin. Auf dem gleichen Weg reisten wir zurück, nachdem wir von Berlin bis auf die Insel Usedom an der Ostsee geradelt waren.

Music à discretion

Der Mensch lebt nicht von Arbeit und Sport allein. Nach dem Lauftraining besuchte ich mit Sepp, meinem Schulfreund und Laufpartner, oft die Mahogany-Hall. Dort wurde jeweils am Mittwoch traditioneller Jazz gespielt. Im Lauf der Zeit wurde der Jazz durch Rockmusik ergänzt und schliesslich abgelöst. Zur Rockmusik kamen wir durch unsere zu Teenagern gewordenen Kinder. Ungünstige Fahrpläne riefen bei auswärtigen Konzerten nach Autotransporten. Mein erster Einsatz erfolgte zu einem Konzert von Jethro Tull, einer britischen Rockband, im Hallenstadion Zürich. Ich hatte an Angst grenzende Hemmungen. Werden nicht an Rockkonzerten Stühle herumgeworfen, Schäden angerichtet? Würde ich als alter Knabe das Ziel von Attacken sein? Um mich an laute Musik zu gewöhnen, drehte ich das Autoradio zum Erstaunen der Passanten voll auf. In Zürich dann die grosse Überraschung. Nichts geschah, rein gar nichts. Die grössten Belästigungen, die ich ab und zu erdulden musste, waren etwas erstaunte Blicke. Die Toleranz der jungen Konzertbesucher beeindruckte mich. Von Konzert zu Konzert stieg meine Liebe zur Rockmusik. Mit den Rolling Stones, Prince, Aerosmith, Bruce Springsteen und so weiter wurde ich sozusagen per Du. Konzerte im Bierhübeli in Bern und in der Mühle Hunzigen bei Rubigen ergänzten die Palette. Neben einheimischen

Künstlern traten dort auch internationale Grössen auf. Etwa Van Morrison und selbst die Blues Brothers. Bernard, ein junger musikbegeisterter Mitarbeiter, der heute als Miraval selbst auf der Bühne steht, ermunterte mich zu einem gemeinsamen Konzertbesuch. Die ungewohnte Musik gefiel mir. Ich wusste nicht, dass es sich um Hip Hop handelte, gespielt von der inzwischen weltbekannten Band Black Eyed Peas.

Mit der klassischen Musik kam ich erst vor wenigen Jahren in näheren Kontakt, dank Zoltan, einem guten Freund. Hin und wieder hatte ich Gelegenheit, mit ihm Konzerte zu besuchen. Nebst melodiösen Melodien, wie etwa solche von Mozart, sprachen mich sogenannte moderne Kompositionen an, mit Dissonanzen und Paukenschlägen.

Heute stehen gelegentliche Besuche von Jazzkonzerten wieder im Vordergrund. Gelegentlich begleitet mich Rosa. Zwei unserer fünf Enkelkinder spielen in Bands, Kaspar als Leader und Sänger in der Mundartrockband Chäschpu, und Nik spielt Bassgitarre in der Punk Rock Band Moustache Boys.

Nicht nur der Sport, auch die Musik begleitet mich durchs Leben.